울면서 태어났지만
웃으면서 죽는 게 좋잖아

일러두기

본문 내 의학 관련 내용은
고려대 안암병원 종양혈액내과 이수현 교수님으로부터
사실 확인을 받았습니다.

울면서 태어났지만
웃으면서 죽는 게 좋잖아

정재희 에세이

RHK
알에이치코리아

최선을 다한 이별

이 책을 읽는 동안 몇 번이고 가슴이 먹먹하고 눈 밑이 젖어 들었다. 중간중간 웃음이 고였다. 자주 고개가 끄덕여졌고 자꾸만 작가의 마음에 내 마음이 얹어졌다.

작가는 젊은 나이에 시어머니와 시아버지 그리고 친할머니까지 세 번의 장례식을 치렀고 그중에서 시아버지의 죽음 가까이에 함께한 시간을 기록해 나갔다. 그 과정이 덤덤해서 오히려 아팠고 슬펐다. 와중에도 중간중간 톡톡 튀어 오르는 작가 특유의 유머가 감성을 간질였다.

어느새 나의 아버지와 어머니와의 이별, 그 아프고 막막했던 시간이 떠올랐다. 아버지는 고작 감기로 너무 갑작스럽게 돌아가셔서 투병과 간호의 시간이 전혀 없었다. 그 가을, 준비되지 않은 이별이 얼마나 아픈지 실감했다.

반대로 어머니는 십 년 가까이 투병하셨다. 그런데 이별의 준비 기간이 길다고 해서 그 슬픔이 덜한 것은 또 아니었다. 나는 어머니의 투병 기간 내내 지켜보기만 할 뿐 어떤 것도 할 수 없었다. 자식의 무력감이 가슴을 찔러댔다.

작가 앞에는 항암 치료를 할 것인지 안 할 것인지부터 시작해 수많은 선택의 순간이 놓여있다. 모든 선택의 순간은 신중할수록 불안했을 것이다. 이랬더라면, 저랬더라면…… 어떤 선택을 해도 후회를 수반한다는 것을 다시금 느꼈다.

이어서 글을 읽어나가며 어머니의 자식이었던 내가 어느새 내 아이의 부모라는 존재로 겹쳐졌다. 시간이 흘러 아들이 결혼하고 며느리가 생기면 결국 내 마지막 모습을 아들과 며느리에게 보여야 하는 중차대한 문제가 남았다. 그 아이들에게 보호자로서 겪는 고통은 절대 주고 싶지 않지만 내 육체가 더는 말을 듣지 않거나 정신마저 스스로 제어할 수 없는 지경

이 되면 그때 나는 어떻게 해야 하나 머릿속이 깜깜해졌다.

누구나 언젠가는 죽는다. 그럼 잘 사는 것은 무엇이며 잘 죽는다는 것은 무엇일까. 나의 마지막 순간에 어리는 풍경은 어떤 모습일까. 그 마지막을 위한 준비로 무엇을 하면 좋을까. 많은 생각이 머릿속에 들어찼다.

삶에 죽음이 어리듯 사랑에도 이별이 스며있다. 죽음이 삶의 일부이듯 이별도 사랑이다. 순간순간 최선을 다해 사랑하고 하늘로 돌아갈 시간이 되면 최선을 다해 잘 이별하는 것, 그것이 인생의 가장 중요한 과제는 아닐까.

이런 사유를 하게 해준 작가가 참 고맙다. 짧은 기간 많은 이별을 치러내느라 고생 많이 했다고 따뜻한 밥이라도 지어 대접하고 싶다.

◇◇◇◇◇◇◇◇

송정림
『엄마와 나의 모든 봄날들』『참 좋은 당신을 만났습니다』 작가

2019년 12월 30일 ~ 2020년 6월 6일

**39년생 토끼띠 시아버지와
빠른 86년생 소띠 며느리가 함께한 시간**

1939 그리고 1986

평소와 다름없던 2020년 11월 7일 토요일, 휴대폰 진동이 무심하게 몇 번 울렸다. 아빠였다.

전화를 받자마자 아빠는 대뜸 장례식장 전화번호부터 물었다. 아마도 할머니가 돌아가셨다는 말을 먼저 하고 싶었을 것이다. 하지만 늘 그랬듯 돌직구를 모르는 그는 얼마 전 내가 장례를 치렀던 장례식장의 전화번호를 물으며 할머니가 돌아가셨다는 묵직한 변화구를 던졌다. 항상 그런 식이었다. 묵언 수행이 취미고 선문답이 특기인 나의 아빠에게 돌직구 따위

는 없었다.

할머니가 돌아가신 것을 포함해 내가 상주의 가장 최측근으로서 상을 치른 횟수는 3년 내 3회, 2020년 한 해에만 2회였다. 내 팔자도 참 기구하다 기구해.

장례식장이 정해지고 상복을 챙겨 입으면서 나는 아빠에게 이렇게 말했던 것 같다. "아빠, 아직 입관식 안 했잖아. 돌아가신 거 아니라고. 지금은 절도 두 번 하는 거 아니야. 나 올해에만 상주 2회차야, 아빠보다 노하우가 넘쳐"라고. 상주 경험 플렉스^{flex}로 그제야 난 아빠를 피식이라도 웃게 할 수 있었다. 효녀보다는 불효녀로 살아온 지난날을 되돌아보면 그렇게나마 아빠를 웃게 할 수 있었으니 아빠보다 상주 경험이 풍부한 것도 나름 괜찮았다.

나의 할머니는 치매에 걸려 얼마간 고생하셨고, 결국 아빠는 할머니를 요양병원에 모셨다. 마지막이 가까워졌을 땐 제대로 음식물을 넘기지 못할 정도로 상태가 심각했고 요양병원에서 감당할 수 없는 상태가 되자 그녀는 큰 병원으로 옮겨졌다. 결국엔 노환으로 사망하는 여느 노인 환자와 마찬가지로 중환자실에서 한동안 신세를 지다 돌아가셨다.

세례명 '마리아'인 그녀의 삶은 그렇게 끝이 났다. 다만 마리아의 장례식에 성가는 단 한 번도 울려 퍼지지 않았다. 고인의 이름 앞에 세례명이 적혀있지만, 미사는커녕 성가조차 울리지 않는 아이러니한 장례식이었다.

아빠는 젊었을 적부터 장례 미사는 멀뚱히 서 있어야 하는 게 고역이라며 상을 치르는 것 같지도 않다고 말하던 꼬장꼬장한 선비 중의 선비였다. 그런 아빠가 할머니의 장례식에 미사를 올리는 건 신부님 장례식에서 목탁 소리 나는 일보다 더 말이 안 되는 일이긴 했다. 되레 놀랐던 건 내가 초등학교 때쯤 어른들이 할아버지 산소를 이장하면서 미리 그 옆에 마련해 둔 할머니 묏자리가 있는데, 그곳에 할머니를 모시는 게 아니라 화장을 한다는 것이었다. 요즘 세상에 누가 매장하느냐고 하겠지만 우리 집안에서는 선산에 매장하는 것이 암묵적인 룰이었기에 아빠의 결정은 나에게 꽤 파격적이었다.

이렇게 한편으론 꽉 막혀 있는 것 같으면서도 한편으론 깨어 있는 나의 아빠는 그의 나이 아홉 살에 아버지를 여의고 예순이 넘어서야 어머니의 장례를 치렀다. 아홉 살에 한 번 그리고 반 백 년이 지난 후에 또 한 번 상주가 된 것이다.

이런 순간 나는 생각한다. 진정 삶이란 이런 것이 아니겠냐고. 근 3년 내 3회나 상주의 최측근 자리에서 상을 치른 딸과 너무나 이른 나이에 하지 않아도 될 경험을 하고 50여 년이 훌쩍 지나 장성한 아들(내 남동생 녀석)과 나란히 상주가 된 아빠가 한 가족이라는 것. 딸이 아빠에게 요즘 장례식에서 상주의 애티튜드를 알려주는 것이 가능한, 이것이야말로 우리의 인생사 아니겠느냐는 말이다. 인생이란 참 예측 불가능하다.

지난 2019년 12월 말 즈음, 나는 시아버지 몸이 안 좋으시다는 이야기를 들었다. 무언가 심상치 않음을 직감한 우리 부부는 소견서를 전달받아 소위 국내 BIG5 병원 중 한 군데에 급하게 검사 예약을 했다. 입원 후 채 일주일이 지나지 않아 시아버지는 '췌장암 4기' 진단을 받았다. 병원에서 이야기한 그의 여명은 3~6개월, 우측 신장까지 암이 전이된 상태라고 했다.

말 그대로 마른하늘에 날벼락 같은 상황이 이런 거구나 실감했다. 시아버지는 그때까지 여든의 연세에도 혼자 외출을 하시는 데 전혀 지장이 없을 만큼 정정하신 분이어서 입원 소식조차 급작스러웠는데 췌장암, 게다가 말기라니……. 당황

스럽고 믿기지 않았다. 믿고 싶지 않았던 건지도 모르겠다.

시어머니는 3년 전에 돌아가셨다. 시아버지가 약간의 건강 염려증을 가지고 계셨던 반면 시어머니는 전형적인 우리네 어머니셨다. 돌이켜 보면 전조 증상이라 할 만한 것들이 몇 가지 있었을 텐데 시어머니는 병원에 갈 생각조차 하지 않으셨고 하필 혼자 계실 때 쓰러지셨다. 그 바람에 너무 늦게 발견해 병원으로 이송했을 땐 이미 골든타임을 놓친 뒤였다. 수술은 받았지만 그녀가 수술 후에 할 수 있었던 것은 고개를 돌리고, 눈을 깜빡이고, 손발 끝에 자극을 주면 반응을 하는 정도가 고작이었다. 그렇게 4년을 누워계시다 돌아가셨다.

이 모든 과정 끝에 혼자 남게 된 시아버지는 어떤 심정이었을까. 상실감이 컸을 시아버지가 그래도 전보다는 혼자 지내는 생활에 익숙해지고 기력을 찾아가는 중이라고 여기며 우리는 은연중에 안심하고 있었는지도 몰랐다. 시어머니가 돌아가신지 3년이 지나, 시아버지가 시한부 선고를 받았다. 가족들 모두가 어떻게 대처해야 할지 갈피를 잡지 못했다.

시아버지는 이런 몸 상태로 다시 혼자 살 수 없을 것 같다고 운을 떼시며 우리 집에서 함께 지내고 싶다는 의사를 내비

치셨다. 큰 병이 발견된 상황에서 더는 홀로 지내실 순 없다는 걸 나도 알고 있었던 터라, 이런 상황을 맞이할 거라 어느 정도 예감은 하고 있었다.

물론 홀시아버지를 모시고 산다는 것 자체가 부담스러웠던 건 사실이다. 그러나 냉정하게 봤을 때 가장 큰 실의에 빠졌을 남편에게 이런 결정이나마 힘을 주고 싶은 마음이 반, 내가 아무리 싫다고 우는 소리 해봤자 뾰족한 해결책도 없었거니와 모두가 나를 이해한다고는 하지만 실제로 이 상황을 거부할 경우 이해받는 동시에 손가락질 받을 거라는 두려움 반이었다.

무엇보다 한두 달 정도 지나면 시아버지를 요양병원으로 모실 생각이라는 남편의 말에 나는 그저 상황을 받아들이자고 결정했다. 시아버지는 병원에서 퇴원 후 아들의 집이자 나의 집인 우리 집으로 거처를 옮기셨다. 그렇게, 상상으로도 생각해 본 적 없는 39년생 시아버지와 빠른 86년생 며느리의 한집살이가 시작되었다.

함께하면서 때때로 버거운 순간들이 있었다. 그럴 때마다 내가 환자를 앞에 두고 버거워해도 되는지 한참이나 고민했

다. 당황스러운 순간마다 판단이 서지 않는 순간마다 흔들려야 했고 직접 부딪혀가며 배워야 했다.

'보호자'라는 이름으로 누구보다도 아득한 시간을 보내며 나는 새롭게 보고 듣고 느꼈다. 아빠에게, 인생 선배는 아니더라도 상주 선배로 몇 마디 더 할 수 있을 만큼.

지금부터의 이야기는 상주 역할 전문 36살 소 한 마리의 생생한 경험담이자, 누구나 뜻하지 않지만 반드시 겪게 되는 인생의 한 고비에 대한 예방약 같은 이야기다.

차 례

$\langle 1 \rangle$

천국과 지옥의
회색 지대

천국과 지옥을 오간다는 개념을 넘어
이젠 어디가 천국이고 어디가 지옥인지
구분되지 않는 상황에 놓이게 된 것 같았다.

◇

서울에 있는 아들 곁으로, 또 큰 병원으로 옮기니 시아버지는 마음이 조금 편해지신 듯 보였다. 하지만 우리의 몸과 마음은 본격적으로 바빠지기 시작했다. 시아버지를 모시고 송파에 있는 A병원으로 갔다. 동관–본관–서관으로 이어지는 거대한 병원을 오가며 그때마다 시아버지를 일일이 모시고 일처리를 하는 것은 거의 불가능에 가까웠다.

한 번이라도 환자 혹은 보호자로서 그 병원에 가 본 사람이라면 거기 갈 때마다 혼이 나갈 것 같다는 내 말에 아마 깊

이 공감할 것이다. 까마득히 넓고 바닥은 매끈한 대리석인데다 장애물마저 없으니 어떻게 보면 달리기를 하기에 최적의 장소로도 보인다. 하지만 병원에서 지켜야 할 가장 중요한 에티켓은 '정숙'이라 일단 달리는 것 자체가 불가능하다. 설사 달리기가 가능해도 그곳은 서관 끝에서 신관까지 잘 보이지도 않는 아득히도 넓은 건물 안을 언제나 사람들이 가득 메우고 있다. 그중에 절반은 환자일 것이다.

흔히 말하는 큰 병원 응급실은 대개 중증환자가 아닌 이상 환자 명함도 내밀 수 없다. 어지간히 아파서는 아픈 축에도 못 낀다. 바로 내가 입구 컷 당한 환자 중 한 명이다. 언젠가 추석 연휴에 쓰러져 턱이 찢어졌을 때 같은 병원 응급실에 갔으나 당직 의사의 판단 하에 당일 진료 접수를 하지 못한 경험이 있다. 어쨌든 그때 느꼈던 아득함과 복잡함은 여전히 생생하기만 하다. 살면서 경험하지 않아도 될 것 중 하나라고 말하고 싶다.

3차 병원에 처음 방문하는 경우라면 미리 준비해 오라고 안내받은 서류와 이전 병원 검사 자료 등을 원무과에 제출해야 한다. 이 접수를 시작으로 진료과로 이동해서 또 접수해야

하는, 접수에 접수를 거듭하는 과정이 필요하다. 병원 규모가 크고 사람이 많아서 시간도 꽤 소요되고 자질구레한 이동이 많다.

　마음이 급해 걸음을 재촉하던 와중에 내 뒤에서 연신 같이 가자고 속없는 소리를 내뱉는 이가 있었으니, 바로 내 남편이었다. 속에서 천불이 나기 약 0.3초 전이었다. '바빠 죽겠는데 뭐라고 하는 거지?'라는 생각이 욱하고 올라왔다. 무조건 반사처럼 짜증이 나려는 찰나, 머릿속을 스치는 실낱같은 이성한 가닥 덕분에 병원 한복판에서 버럭 하는 추태를 보이지 않고 무사히 지나갈 수 있었다.

　나는 어릴 때부터 잔병치레가 많아 3차 병원에 꽤 여러 번 방문해 봤다. 많은 경험 덕에 복잡한 병원 접수와 진료 과정에 매우 익숙하다. 반면 남편은 타고난 강골에 감기 한번 걸리지 않고 넘기는 해도 허다해서 잘 모르는 것이 당연하다는 생각이 번쩍 들었던 것이다. '하긴, 3차 병원에 익숙한 것이 좋은 것도 아니고……'

　보폭을 맞추면서 사이좋게 같이 걸을만한 여유 따윈 없었지만 뭘 모르고 하는 그의 말을 조금, 아주 조금 참작하여 숨

을 고르는 차원에서 나는 잠시 멈췄다. 우리는 서로 역할을 나누었다. 남편은 아버지와 함께 본관 의자에서 조금이라도 더 대화를 나누며 마음을 달래주기로, 나는 행정적인 업무 처리를 하기로 협의했다.

본관에서 진료 의뢰서와 검사 결과지 등을 제출하고 서관에 있는 진료과에서 접수하는 일을 재빠르게 처리한 뒤 진료 볼 때에 맞춰 남편에게 시아버지를 모시고 오게 했다. 그 모든 일들을 1분이라도 빨리 처리하기 위해 나는 큰 병원을 거의 뛰다시피 걸었다.

그날, 동관 중앙에 있는 故정주영 회장의 동상을 보고 그의 업적에 감탄하며 고통을 잊은 듯한 시아버지와 바쁘게 돌아다니던 며느리가 한 프레임 안에서 겹쳐지던 장면 그리고 창 너머 병원 정원에 있는 대나무가 비바람에 흔들리던 모습은 마치 나의 앞날을 보여주는 것만 같았다. 그렇게 우리는 복잡한 과정 끝에 드디어 진료과 앞에서 진료 순서를 기다렸다.

우리나라에서 암 환자들이 거치는 일련의 과정들이 있는데 아마 두 가지 경우가 제일 많을 것이다. 첫 번째는 만 40세 이상이라면 건강 보험 가입자를 대상으로 국가에서 암 검진

을 실시하는데, 평소에 전혀 이상 징후를 자각하지 못하다가 건강 검진 중에 이상을 발견하고 자신이 암에 걸렸다는 사실을 알게 되는 경우다. 두 번째는 본인의 컨디션에 이상을 감지하거나 통증을 느껴 직접 동네 의원 혹은 2차 병원 등을 찾았다가 심각성을 인지한 의사의 권고에 따라 3차 병원에 가서 정밀 검사 후 확진을 받는 경우다.

대부분 1·2차 병원에서 진단을 받으면 진료 의뢰서를 발급받아 3차 병원을 찾아간다. 앞선 병원에서 조직 검사를 통해 의심이 되는 부분의 조직이 악성인지 양성인지를 알게 된다면 3차 병원에 갔을 때 담당 의사의 판단 하에 수술 가능 여부와 향후 치료 방향 등을 환자, 보호자와 함께 보다 쉽고 빠르게 결정할 수 있다.

하지만 진료를 보는 의사의 진단에 따라 조직 검사를 포함한 모든 검사를 처음부터 다시 하기도 한다. 1·2차 병원에서 조직 검사를 시행하기 어려운 부위에 암이 발병하거나 시티CT나 엠아르아이MRI 검사 등으로 추정 진단을 받게 되면 진단명 앞에 R/O Rule Out라는 용어가 붙은 채로 진료 의뢰서가 발급된다.

시아버지가 처음 찾았던 병원에서는 암의 원발 지점으로 의심되는 췌장의 조직 검사를 진행하기 어려워 확정 진단을 받을 수가 없었다. 그래서 진료 의뢰서에 적힌 그의 병명 앞에는 추정 진단을 뜻하는 R/O라는 약어가 붙었다.

우리는 진료실에 들어가기 직전까지 암 기수를 나타내는 숫자가 작길 바라는 수밖엔 달리 할 수 있는 게 없었다. 치료가 어렵기로 악명 높은 췌장암이라고는 하지만 그래도 조금의 자비가 있길 기도할 뿐이었다. 아니, 어쩌면 당시엔 의사의 오진일 수도 있다는 아주 실낱같은 희망도 갖고 있었는지도 모르겠다.

이런저런 생각에 잠겨 숨을 돌리는 사이 간호사가 시아버지의 성함을 호명했다. 나는 먼저 교수님께 환자와의 대면 진료가 필요한지 여쭤봤다. 비록 추정 진단이라고는 하지만 췌장암이라는 이야기가 나왔을 때부터 시아버지를 제외한 모든 가족들 사이에는 확실한 진단이 나올 때까지 시아버지께 비밀로 하자는 암묵적인 합의가 있었다. 그렇게 시아버지가 진료실을 나가신 뒤 본격적인 이야기가 시작됐다.

교수님은 이전 병원에서 찍은 시티를 보자마자 마우스로

암 부분을 가리키며 이미 많이 진전이 된 상태라고 설명했다. 전이 여부와 범위에 따른 수술 가능성, 고령인 환자 상태를 고려해 항암 치료를 비롯해 여러 방향으로 고민해 봐야 할 것 같다는 진단 끝에 당일 입원이 가능하다고 덧붙였다. 불행 중 다행이라고 생각하는 나 자신을 깨달으며, 천국과 지옥을 오간다는 개념을 넘어 이젠 어디가 천국이고 어디가 지옥인지 구분되지 않는 상황에 놓이게 된 것 같았다.

시아버지가 입원을 하고 본격적인 검사 일정이 잡히기 시작했다. 검사는 페트–시티PET-CT와 췌장 조직 검사를 하는 것으로 결정되었고 기저 질환인 간경변과 부정맥에 대한 추가 검사를 진행하기로 했다. 담당 교수님은 페트–시티 검사로 암전이 유무와 기저 질환에 따른 항암 치료 가능 유무를 종양내과 교수님과 이야기해 봐야 할 것 같다고 했다.

흔히 '침묵의 장기'라고 알려진 췌장에 발생하는 췌장암은 뒤늦게 발견하는 경우가 많아 예후가 매우 좋지 않은 편인데, 보통 증상을 자각하고 병원을 찾을 때는 이미 진행이 많이 되어 손쓸 수 없는 경우가 대다수라고 한다. 특히, 췌장암을 포함해 담도암·담낭암은 장기의 위치 자체가 조기 발견이 어

려운 데다 해당 장기의 특성상 전이도 빠르게 일어날 수밖에 없다 보니 대부분 환자들이 암 3~4기에 이르러야 몸에 이상을 느끼고 진단을 받게 된다는 것이다. 이런 상황에서 우리는 그저 암이 전이만은 되지 않았길 바랐다.

나는 간호사에게 검사 결과는 환자에게 직접 말하지 말고 보호자에게 알려달라고 비밀 유지를 부탁했다. 우리의 이런 행동은 자신의 현재 몸 상태를 알 권리가 있는 환자에게 제대로 상황을 전달하지 않았다고 비난받아 마땅한 행동일 것이다. 하지만 우리가 그렇게 결정한 이유가 있다. 시어머니가 돌아가신 이후 눈에 띄게 감정 기복이 심해지시고 자주 눈물을 보일만큼 심약해지셨던 시아버지가 3년이 지나 이제 겨우 슬픈 기운을 털어내고 본인의 생활을 꾸려나가시던 시기였기에 큰 병이 생겼다는 사실을 바로 알려드리면 큰 실의에 빠지실 것 같았다.

나의 경우 결혼을 하고 출산에 이어 시어머니의 병환까지 여러 큰일들이 시간 차 없이 거의 연달아 일어난 통에 평소 시아버지 성격이 어떠신지 같이 살기 전까지는 잘 몰랐다. 다만 시어머니가 돌아가신 후 시아버지가 눈에 띄게 감상적이고

우울해 하신다는 것만큼은 뚜렷이 느낄 수 있었다. 이제야 조금 괜찮아지셨는데 더 절망적인 이야기를 듣는 것은 아무래도 무리라고 판단했다.

또 다른 이유는 시아버지가 의료진의 말을 못 알아듣는다는 사실에 조금 위축받으신 것처럼 보였다. 서울에 있는 큰 병원에 왔다는 사실을 좋아하셨지만 의사가 아무리 천천히 친절하게 설명을 해줘도 귀가 밝지 않으신 데다 소위 말하는 서울말, 표준어에 익숙하지 않은 시아버지는 의사가 뭐라고 했는지, 사용한 단어가 무슨 의미인지 나에게 다시 물어보는 경우가 종종 있었다.

어느 순간부터는 시아버지가 먼저 의료진에게 본인 아들이나 며느리에게 이야기해 달라고 하는 걸 알게 되었다. 아직 의료진과 유대감이 충분히 형성되지 않은 상태에서 직접적인 병명을 전해 듣는다는 것이 심적으로나 신체적으로나 힘들 수 있다는 생각이 들었다. 그렇게 우리 부부는 검사 결과를 먼저 듣고 시아버지께 전달하기로 했다.

모든 검사 결과가 나오고 보호자 면담을 앞둔 날, 나는 시아버지 병실에 있다 집으로 가는 길에 전화를 한 통 받았다.

그즈음 나에게 가장 익숙한 번호, 발신자는 병동 간호사였다. 간호사는 내일 오후 담당 교수님과 면담을 해야 하니 반드시 자리를 지켜 달라고 몇 번이나 당부했다. 그때부터 무언가 느낌이 좋지 않았다.

다음 날, 친정 엄마에게 아들을 부탁하고 서둘러 병원으로 갔다. 원래 면담 시간은 5~7시였는데 약속된 면담 시간이 한참 지난 9시에야 겨우 교수님을 만날 수 있었다. 나는 행여나 저녁을 먹으러 간 사이에 교수님이 올까 봐 저녁도 거르고 꼬박 9시까지 교수님을 기다렸다. 마음은 물론이거니와 몸이 더 지쳐 있었다. 그런데 오후 2시에 들어간 수술이 늦게 끝났다며 가운을 갈아입을 새도 없었는지 교수님은 수술복 차림으로 다급하게 와서 설명을 시작하셨다.

췌장 꼬리에서 시작한 암이 우측 신장과 복막에도 전이가 되었다는 것과 배꼽 쪽으로 돌출된 피부 조직 역시 전이된 암의 일부라는 것을 알려주시며 시아버지의 여명은 3~6개월 정도로 예상한다고 말씀하셨다. 수술 대신 약물 치료 위주로 할 거라고 최대한 에둘러 설명하시고는 우리를 다독여 주는 교수님의 모습에 지쳤던 몸도 마음도 위로받는 듯했다.

사실, 환자와 보호자는 의사의 말 한마디에 천국과 지옥을 오고 간다. 특히나 큰 병일수록 믿기지 않는, 아니 믿고 싶지 않은 진단명일수록 아직 경험이 많지 않은 전문의보다 담당 교수님을 직접 만나서 이야기를 듣고 싶은 게 솔직한 마음이다. 환자와 보호자 입장에서는 모든 것이 정말 간절하다.

종종 이런 마음을 권위에 의존하는 천박한 마음이라 일축하고 '환자 한 명이라도 더 볼 시간도 부족한 나에게 감히 설명을 요구해?'라는 표정을 짓는 의사들을 나는 의도치 않게 몇 번 만나봤다. 그래서인지 보호자에겐 차분하면서 정확하게 진단에 대한 설명을 해주시고 환자에겐 따뜻한 지지를 보여주시는 교수님이 참 감사했다.

암이 전이되었을 때는 수술을 할 수 없는 데다 환자가 고령이고 여러 기저 질환까지 감안했을 때 항암으로 암의 진행을 막으면서 여명을 늘리는 것을 치료의 주안점으로 두어야 할 것 같다는 설명을 들었다. 우측 신장으로 퍼진 암 조직 때문에 막힌 요관에 스텐트 시술을 해야 한다는 협진 내용까지 듣고 집으로 돌아왔다.

그날 내가 무슨 생각을 했는지 기억이 잘 나지 않는다. 다

만, 그때부터 점점 명확해지는 것들이 있었다. 쾌차할 수 있다는 희망을 가지고 서울의 큰 병원으로 오셨던 시아버지에게는 돌이킬 수 없이, '췌장암Pancreatic cancer'이라는 명확한 진단명이 적힌 진단서가 발급 되었다는 것과 현재 이 상황을 보다 빠르게 파악하고 앞으로 닥쳐올 일처리를 현명하게 해야 될 사람은 바로 며느리인 '나'라는 사실이었다.

2

열 손가락의
상대성 이론

흔히 하는 말이 있다.
열 손가락 깨물어서 안 아픈 손가락이 없다고.
하지만 더 아픈 손가락과 덜 아픈 손가락은 있다.

지친 몸을 뉘일 새도 없이 집으로 돌아오자마자 가장 먼저 한 일은 남편의 누나들과 여동생에게 이 내용을 전달하는 것이었다. 평소에는 적시에 발휘하지 못해 아쉬운 재능인 '선천적 기억력'과 기획자라는 직업을 통해 길러진 '후천적 회의록 정리 습관'이 이날 폭발적인 시너지 효과를 발휘한 덕에 가능했다. 병명에 대한 설명과 각 진료과 별로 예정된 시술과 예후 등 교수님께 들은 모든 내용을 놓칠 새 없이 적어 내려갔다. 하필 이런 데서 빛나는 나의 뛰어난 능력치가 애틋할 지경이

었다.

　남편에게는 두 명의 누나와 한 명의 여동생이 있다. 캐나다에 살고 있는 있는 여동생을 제외하고는 모두 국내에 있었지만 믿기 어렵게도 요즘 세상이라 말하는 2020년에, 남편은 하나뿐인 아들이라는 이유로 나는 그 아들의 아내라는 이유로 우리에겐 조금 남다른 책임감이 필요했다.

　우리는 시아버지에 대한 걱정과 안타까움부터 모든 시간과 에너지, 물리적·심리적 스트레스까지 온갖 것들을 버무려 눈앞에 놓인 상황에 갈아 넣고 있었다. 그리고 시누이 셋은 각자의 자리에서 친딸만이 가질 수 있는 걱정과 안타까움에 휩싸여 있었다. 슬퍼하는 것과 슬프지만 행동해야 하는 것은 달랐다.

　흔히 하는 말이 있다. 열 손가락 깨물어서 안 아픈 손가락이 없다고. 하지만 더 아픈 손가락과 덜 아픈 손가락은 있다. 나는 이것을 '열손가락의 상대성 이론'이라 말하고 싶다. 내 입장에서는 특별히 곱게 자란 것 같아 보이지도 않는 내 남편이 왜 자식 중에서 더 아픈 손가락인지, 왜 더 큰 책임 앞에 서야 하는지, 그의 아내라는 이유로 왜 내 모든 에너지를 이 상

황에 쏟아 부어야만 하는지 쉽게 이해할 수 없었다.

　사실 그때쯤, 나는 옛 직장 상사로부터 함께 일해보지 않겠냐는 제의를 받은 상황이었다. 쉬기 전까지만 해도 SNS 콘텐츠를 통해 브랜드나 제품을 홍보하는 대행사의 기획자로 일했고 내 일에 확고한 성취동기를 가지고 있었다. 일하고 싶은 사람이 어디 있겠느냐고 하지만 나는 일 욕심마저 많았다. 그러니 다시 같이 일해보자는 제안에 얼마나 설렜는지 두말하면 잔소리다. 무언가를 다시 시작할 생각에 나는 조금 들떴었다. 그런데 그 기분 좋은 제의를 일주일도 즐기지 못한 채 상상도 못한 이유로 주저앉게 된 것이다. '아픈 시아버지의 병수발'이라는 이유 때문에.

　가족 구성원에서 최연장자인 남성이 가정의 최고 책임자가 되고 최연장자가 부재할 경우 장자가 그 역할을 대신하는 제도를 '호주제'라고 한다. 언제 적 이야기냐고 타박하는 사람들도 있겠지만 호주제가 폐지된 때는 2005년, 생각보다 그리 오래 전 일이 아니다. 게다가 '호적 초본'이라는 단어가 익숙한 어른들에게는 이미 폐지된 제도일지라도 집안의 대소사를 관장할 장손의 무게는 남다를 수밖에 없다. 우리 아빠 세대까

지만 해도 당연했다.

　나의 아빠는 아홉 살이라는 어린 나이에 아버지가 돌아가시면서 호주가 되었고 그에게는 책임과 특권이 주어졌다. 하지만 어느 드라마 대사처럼, 팔자라는 것은 그를 가만 두지 않았고 그는 특권보다는 책임의 비중이 훨씬 더 큰 삶을 살았다. 아빠는 아버지가 돌아가시며 주어진 의무와 책임에서 여태껏 자유롭지 못했다.

　할아버지가 10년, 아니 5년만 더 살아주셨다면 아빠의 삶은 지금과 사뭇 달랐으리라고 나는 거의 확신에 찬 상상을 하곤 한다. 하지만 아빠의 아버지는 돌아가셨고 당시 아빠의 할머니는 아들을 잃었으며 젊었던 아빠의 엄마는 남편을 잃고서 자식 넷과 함께 세상에 남겨졌다.

　이렇게 누구의 처지에서 생각해도 답이 없는 모두가 불쌍한 상황이 발생하면 그 상황을 해결하기 위해 몸과 마음이 고달파지는 사람이 생기기 마련이다. 단정 지어서 말할 순 없지만 대개 그 사람은 가족 중 가장 착하고 성실한 사람이거나 그 상황이 답답해 견딜 수 없는 성질머리 더럽고 급한 사람일 확률이 높다. 팀플레이 무임승차가 가족 안에서도 이루어진다

는 사실은 우리가 입 밖에 내길 꺼려할 뿐 잔인한 진실이다.

요즘에는 아이를 낳지 않거나 낳더라도 한두 명 정도인 경우가 많다. 출산율 저하를 넘어 인구 소멸이라는 단어까지 등장할 만큼 가족 구성원 수의 문제가 국가적인 사안으로까지 이야기되고 있다. 80년대생인 나와 내 친구들 또래는 형제가 본인 포함 두세 명인 경우가 대부분이었다. 그리고 우리의 윗세대, 흔히 말하는 X세대인 70년대생만 하더라도 네다섯 명의 형제가 부대끼며 사는 것이 자연스러운 풍경이었다.

대한민국에 어떤 남다른 기류가 흐르고 있었는지 알 수 없지만 20년 넘게 짜릿한 잘생김을 뽐내는 배우 정우성이 태어난 1973년 그해에 내 남편도 태어났다. 남편에겐 가족 구성원의 숫자가 5인 이상인 것이 익숙했지만 나에겐 가족 수의 기준이 4인이었다. 5와 4 그 차이는 생각보다 컸다.

초등학교 고학년이 되면서 내 방이 있는 게 당연했던 나와 달리 남편은 고등학생이 되어서야 본인의 방이 생겼다. 나는 남편이 4남매라는 사실에 꽤나 놀랐지만 남편은 그게 왜 놀랄 만한 일인지 이해하지 못했다. 그에겐 당연한 것이었으니까. 게다가 남편은, 과거 옆집에 딸만 여섯이었는데 그 집 부모가

아들을 낳기 위해 또 임신을 했고 결국엔 아들을 낳고야 말았다는 유니콘 같은 엄마 친구 이야기를 들려준 적도 있었다. 그와 내가 자라온 환경의 차이는 생각보다 컸던 것이다. 그 차이가 열 손가락의 상대성 이론을 피부로 느끼게 되는 본의 아닌 상황을 만들었다.

우리 집안에도 흔히 말하는 꼰대 어른들이 있었다. 충분히 이런 상황이 익숙할 법도 했지만 나의 아빠는 집안 어른 중에서도 나름 덜 꼰대 같은, 생각보다 깨어있는 사람이었다. 사촌은 물론 육촌까지 살펴봐도 딸 이름에는 돌림자를 넣어 짓지 않는 우리 집안에서 유일하게 나를 돌림자가 들어간 이름을 가진 딸로 만들어준 아빠는 내가 딸이어서 혹은 내 동생이 아들이어서, 라는 기준으로 자식을 판단하지 않았다.

오히려 내 남동생은 얌전하지만 나는 나댄다고 한소리를 듣곤 했다. 첫째 둘째 개념으로, 그러니까 태어난 순서대로 혼났지 딱히 동생이 남자라서 더 혼나거나 내 대신 혼나주는 일은 없었다. 아빠에겐 내가 긴 머리를 하든 짧은 머리를 하든 그저 우리 집 첫째 놈일 뿐이었다.

오죽하면 남동생은 내 아들이 기르는 장수풍뎅이가 뒤집

어져 버둥거릴 때, 똑바로 세워 달라는 조카의 부탁을 단박에 거절했고 "야, 너 남자잖아"라는 나의 말에 "넌 누나잖아"라는 말로 응수했을 정도다. 어이가 없어서 쳐다보는 나와 본인은 못한다며 두 손을 들고 있는 내 동생 사이에서 결국 장수풍뎅이의 힘든 사정을 구해준 것은 내 아들이었다. 우리 연년생 남매는 싸우기도 참 많이 싸웠다. 이제는 전우애가 생긴 친구 같은 사이가 되었지만.

친구 같은 동생의 존재 자체가 좋아서인지 나는 아들이 외동인 것에 대해 못내 미안할 때가 있었다. 그렇다고 둘째를 계획하기엔 몸도 마음도 여유가 없었고 그 정도로 간절한 마음까진 아니었다. 내 고민을 듣자마자 남편은 차라리 혼자인 것이 '군중 속의 고독'보다 낫다고 했다. 남편은 늘 식구 수가 많아 북적였어도 여자들만 그득한 사이에서 외로웠다고 했다. 차라리 외동이면 혼자 모든 것을 독차지하는 호사라도 누렸을 거라는 말을 들으니, 어쩐지 외로운 책임감을 가지고 살아왔을 남편의 모습이 그려졌다.

다른 세대와 환경으로 인해 생긴 남편과 나의 가치관 차이는 아픈 부모님을 돌보는 일에 한 명이 에너지를 쏟고 있는 이

상황을 이해하지 못하는 내가 유난스러워 보이는 의도치 않은 효과를 가져왔다. 아마 남편의 가족에게 나는 이상한 나라에서 온 앨리스처럼 보였을 것이다.

세대나 환경의 차이는 둘째치고 어쨌거나 누군가는 해야 할 일이었다. 시아버지가 췌장암 진단을 받은 2020년 1월, 나는 본격적으로 시작될 '보호자'라는 깜깜한 터널 입구에 서 있었고 세상은 얼마나 오래갈지 그땐 미처 알지 못한 코로나 바이러스로 시끄러워지는 참이었다.

1월에 걸맞게 모든 것이 시작되고 있었다.

3

보호자답지
않다

환자와 함께 지내며 간과하기 쉬운 중요한 사실 중 하나는
사람의 몸과 마음은 하나라서
몸이 아프면 곧 마음도 아프게 되고
마음이 아프면 곧 몸도 아프게 된다는 것이다.

◇

　　결혼 후 생각지도 못하게 곧바로 아이가 생기면서 임신-
출산--육아로 인해 쉴 틈이 없었다. 더군다나 경력까지 단절되
면서 일 욕심 많은 나에게 이 모든 일들은 감당하기 버거운
'사건'과도 같았다. 축복 받아야 할 임신이 갑작스럽게 부닥
친 사건처럼 느끼는 것에 대한 죄책감과 미안함이 나를 무기
력하게 만들었고 임신 기간 내내 이 무기력함은 우울함으로
우울함은 무기력함으로 도돌이표를 그리며 스스로를 괴롭
혔다.

그렇게 아무런 의지도, 어떤 준비도 없이 때가 되면 아이가 나올 것이라는 무지함으로 10개월이라는 시간을 보냈다. 나에게 '모성애'라는 것이 내재되어 있다는 사실을 자각한 때는 신생아실 창 너머로 아이를 본 순간이었다. 마침 배가 고팠던지 얼굴을 찌푸리며 우는 아이를 보고 안타까워 같이 눈물을 흘릴 뻔 했다. 그 후로 나는 임신 기간에 못다 준 사랑까지 주려는 듯 아이에게 푹 빠져 살았다. 신생아 때 아이가 잠을 자지 않고 연달아 깨서 울 때면 일어나 아이를 안고 생각했다. '오늘 너랑 나랑 더 친해지는 구나'라고.

아이가 6개월쯤 됐을 때 갑작스레 시어머니가 뇌출혈로 쓰러지셨다. 남편은 수술은 했지만 큰 차도 없이 누워만 계시는 어머니를 회사 근처 요양병원으로 모셨다. 그리고 점심시간마다 어머니를 보러 갔다. 본인 점심은 편의점 삼각 김밥으로 때우면서. 이 일을 두고 우리 엄마는 보통 착해서는 할 수 없는 일이라고 했고 나 역시 동의했다.

우리는 아이를 친정이나 시댁에 맡길 수 있는 상황이 아니었고 주말이면 남편은 당연히 어머니를 뵈러 가야 했기 때문에 한동안 우리에겐 주말에 가족 여행을 가는 여유 같은 건 허

락되지 않았다. 여행은 고사하고 나는 그저 일이라도 하고 싶었다. 아이를 내 손으로 키우면서 일할 수 있는 기회가 주어지길 간절히 바랐다. 재택근무가 보장된다면 무엇이든 하겠다는 각오로 열심히 구직 활동을 했다. 운 좋게 B2B 비즈니스 회사의 웹 사이트와 SNS 채널 콘텐츠의 기획·운영을 담당하는 프리랜서 마케터로 취직할 수 있었다.

밤을 새우면서 일을 해야 했어도 보채는 아이를 업고 노트북을 봐야 했어도 나는 진심으로 행복하게 일했다. 그만큼 나는 일할 때 살아있음을 느끼는 사람이었다. 하지만 중요하고도 당연한 사실을 간과했으니, 인간의 수면 시간이 신체와 정신 건강에 엄청난 영향을 끼친다는 것이었다.

낮에 아이를 돌보고 밤에 잠을 줄여가며 일을 하면서 당시 나는 남들보다 더 열심히 산다는 우월함에 도취되어 있었는지도 모른다. 아이가 유치원을 들어가면서 나는 9시 출근 6시 퇴근 직장인 생활을 본격적으로 시작했다. 그동안 빚을 내서 써오던 내 건강은 바닥을 드러내고 말았다. 아침에 잠에서 깨는 것이 이상할 정도로 어려웠고 얼굴은 그야말로 퉁퉁 부었다. 하루는 지각을 해서 죄송하다는 인사를 하려고 상사의 자

리로 갔는데, 도리어 상사가 내 얼굴을 보고 깜짝 놀라며 다시 집에 가야 하는 게 아니냐고 되물을 정도였다.

이대로 일상생활이 어렵다는 것을 깨닫고 급하게 병원을 찾아 혈액 검사를 했다. 검사 결과 호르몬 쪽에 이상이 있었다. 갑상선 기능 저하, 다낭성 난소 증후군에 부합하는 호르몬 수치가 측정되었고 혈당 수치는 경계선 당뇨에 부합하는 수준이었다. 비타민D 수치는 4밀리터리당 나노그램, 정상에 가까워지려면 비타민 보충이 필요한 수치였다. 건강을 위해 음식도 신경 쓰고 수면 시간도 조금씩 조절해야 했다.

2018년 그해 추석을 하루 앞둔 아침에 일이 벌어졌다. 시아버지가 산책 가신다는 말에 인사를 하려고 누워 있던 몸을 일으킨 순간, 눈앞이 까맣게 변했다. '왜 이렇게 턱이 아픈 거지?'라는 생각이 희미하게 들면서 정신을 차려보니 나는 이미 바닥에 누워 있고 턱에서는 피가 흐르고 있었다. 쓰러지면서 바닥에 턱을 찧었던 것이다. 약 5센티미터의 찢어진 상처는 열다섯 땀의 바늘로 봉합이 완료되었다. 사실 이 사건에는 뒷이야기가 있다.

앞선 7월경, 시아버지는 캐나다에 사는 딸네 집에 다녀오

시겠다며 두 달 일정으로 외항사 왕복 티켓을 준비하셨다. 지금도 나는 여든의 나이에 외항사 여객기를 타고 열세 시간을 날아갔던 시아버지의 용기에 무한한 존경을 표한다. 나는 시아버지의 기내용 캐리어에 짐을 챙겨 드렸고 떠나시는 당일에 우리 가족이 함께 인천공항까지 바래다 드렸다. 돌아오는 길에, "두 달을 계실 수 있을까?" "그래도 한 달은 계시지 않을까?" 하며 나눈 우리의 대화가 무색할 만큼, 시아버지는 2주 만에 한국에 오고 싶다고 연락을 해오셨다. 그리고 정확히 떠나신지 3주 만에 가장 빠른 한국행 비행기를 타고 오셨다. 그때가 추석 2주 전이었다.

한국에 오시자마자 시아버지는 고등어조림이 먹고 싶다고 하셨고 나는 열심히 고등어조림을 준비해 밥을 차려 드렸다. 시아버지는 이왕 빨리 온 김에 겸사겸사 추석 때까지 서울에서 지낼 마음이셨던 것 같다. 반면, 나는 설마 하는 마음으로 며칠 계시다 가시겠거니 생각했다. 하루하루 지나는 시간을 애써 외면하는 동안 시간은 무심히도 흘러갔다. 추석 때까지 2주간 나는 회사도 집도 마음 편히 있을 곳이 없었다. 나와 시아버지는 완벽히 동상이몽이었다.

정확하게 기억은 안 나지만 분명 나는 꽤나 예민해져 있었을 것이다. 아주 사소한 일에도 남편과 나는 티격태격 했고 서로 가시 돋친 말을 주고받았다. 우리끼리는 티 안 나게 한다고 나름 조심했지만 티가 안 날 수 없었을 테고 시아버지 입장에선 불편하셨을 것이다. 결국, 추석 당일 시어머니 성묘 후에 정리를 하고 있는데 시아버지가 화를 주체 못하시고 버럭 하셨다.

　　봉안묘 앞에 우리 부부를 앉혀두고 꾸중을 하셨다. 시아버지라면 할 수 있을 법하지만 모든 일에는 각자의 사정이 있는 법. 내겐 당시 내 사정이 조금 더 어려웠다. 저질 체력에 예민함의 끝을 달리던 나는 2주 이상 버티다 그 일로 스트레스의 정점을 찍고 쓰러졌다. 정신을 차려보니 바닥에 턱을 찧은 채 장렬하게 피를 흘리고 있었던 것이 바로 추석 턱주가리 사건의 전말이다.

　　나는 30여 년 만에 의사 앞에서 소리 내어 울었다. 아기였을 때를 제외하곤 어릴 때도 주사 맞는 것을 무서워하지 않아 병원에서 운 적이 없는 내가 상처 봉합을 위해 마취 주사를 맞는 순간에 그렇게 엉엉 울게 될 줄은 꿈에도 몰랐다. 그 일이

있고 나서 처음으로 정신을 차리고 주변을 돌아보았다. 집안이 그렇게 엉망일 수 없었다. 아이 밥도 겨우 챙겨 먹이고 있던 내가 보였다. 건강이 중요하다는 사실을 직접 온몸으로 겪고 나서야 과감히 일을 그만두겠다는 결단을 내릴 수 있었다. 결국 절대 포기할 수 없었던 일도 후 순위로 제쳐두고 건강을 회복하는 데 주력했다.

그렇게 조금씩 나와 내 주변을 추스른 즈음에 다시 새 일자리 제안을 받았다. 어느 정도 건강도 회복했고 그토록 원하던 일을 할 수 있을 거라는 기대도 잠시, 시아버지를 모셔야 하는 상황이 된 것이다. 이제 막 생기려는 조금의 여유조차 놀라서 도망간 기분이었다. 체력적으로나 감정적으로나 내게 여유는 허락되지 않았다.

턱 밑의 상처는 고개만 살짝 들어도 아직 훤히 잘 보일 만큼 나에겐 어제 일처럼 생생한데, 남편이나 시아버지에게는 이젠 기억도 흐려진 어느 날의 해프닝에 불과하다는 생각이 들었다. 그리고 내가 그 일을 기억하고 있다는 것 자체가 속좁은 마음가짐 때문이라 여기는 것만 같았다. 왜 모두 내 마음의 상처는 벌써 아물어 사라졌을 거라 생각하는지, 턱 밑에 남

은 흉터보다 못한 취급을 받는 것 같아 서러웠다.

시아버지가 퇴원 후 우리 집으로 오시면서 모두가 이전의 일상으로 돌아가는 듯 보였다. 하지만 나에겐 익숙해질 수 없는 새로운 일상이 날마다 이어지고 있었다. 생각보다 시아버지는 매 끼니 고깃국을 찾으실 만큼 입맛도 좋으시고 소화도 잘 하시는 것 같았다. 퇴원하고 며칠 죽을 드렸더니 남편에게 죽만 먹어서 기운이 없다고 하실 정도였다.

오히려 생각지 못한 복병은 따로 있었으니, 바로 다시금 서서히 고갤 드는 나의 저질 체력이었다. 일상을 방해하는 느낌의 가장 밑바닥, 제일 큰 걸림돌은 자각하지 못하는 사이에 점점 더 악화되고 있었다. 어떻게 회복한 체력인데 또다시 지쳐가는 게 느껴졌다. 나에겐 단순히 시아버지와 함께 시간을 보내는 것 이상으로 알게 모르게 며느리로서 어떤 기대에 보답해야 한다는 중압감이 있었던 것 같다.

환자와 함께 생활하는 보호자에게 필요한 가장 큰 덕목은 보호자 본인의 건강과 넓은 마음가짐이라고 지금은 주저 없이 이야기할 수 있다. 하지만 준비되지 않았던 그때의 나는 이런 사실을 간과한 채, 그저 수저만 하나 더 챙기면 되는 거라

안일하게 생각했다. 내 안일함은 일부분 남편의 탓도 있었다.

아버지를 요양병원으로 모실 거라는 남편의 말을 막연히 믿었다. 시아버지와 함께 지내는 한 달 동안, 솔직히 언제 요양병원으로 가시는지 기다리고 있었다고 해도 과언이 아니다. 그런데 설 연휴가 지나고 2월의 절반이 지나도 남편은 요양병원의 'ㅇ'자도 입 밖으로 꺼내지 않았다. 결국 나는 불편한 사람이 되어야 했다. 남편을 섭섭하게 할지라도 어떻게 할 건지 물어볼 수밖에 없었다.

그리고 나서야 시아버지는 요양병원에 가실 생각이 전혀 없으시다는 것을 알게 되었다. 어쩌면 병원에서 남편과 이야기할 때, 처음엔 단호하게 아버지는 곧 요양병원으로 가실 거라고 말하던 남편의 대답이 점점 모호해질 때부터 나 역시 예상하고 있었는지도 모른다. 내 의식 저편에서 애써 외면해 왔던 실체를 이게 현실이라고 눈앞에서 확인받는 순간이었다.

그렇다. 늘 설마는 사람을 잡고 슬픈 예감은 틀리지 않는다. 머릿속이 캄캄해지면서 나도 모르게 서러움에 눈물이 뚝뚝 떨어졌다. 그런데 그 눈물은 남편과 나 사이의 간극을 더 벌려놓기만 했다. 내 눈물은 남편에겐 이해의 대상이 아닌 싸

움거리에 불과했고 "우리 아버지 모시는 일이 그렇게 울 정도로 서럽고 싫은 일이냐"라는 남편과 "미리 말을 해줘야 하는 거 아니냐"라는 내 의견 차이는 좀처럼 좁혀지지 않은 채 감정의 골만 깊어갔다.

지금까지 애쓰던 시간은 온데간데없이 사라져 버린 듯 내 나름대로는 어렵게 꺼낸 요양병원 이야기가 나를 '보호자답지 않다'라는 말에 매우 부합하는 사람으로 만들어 버렸다. 이렇게 각자의 입장에서는 다 맞지만 서로에게는 한없이 상처가 되고 힘든 상황이 또 있을까?

환자와 함께 지내며 간과하기 쉬운 중요한 사실 중 하나는 사람의 몸과 마음은 하나라서 몸이 아프면 곧 마음도 아프게 되고 마음이 아프면 곧 몸도 아프게 된다는 것이다. 환자와 보호자는 서로가 가장 안쓰럽고 서로가 제일 아프기 마련이다. 상처를 주고받지만 또 가족이기에 늘 그래왔듯 가족 나름의 방식으로 서로를 보듬는다. 그런데 단순히 환자와 보호자가 아니라, 나의 가족이자 남편을 거쳐서 만들어진 이 복잡한 환자와 보호자 관계는 이런 상황에서 내가 어떤 태도를 갖춰야 하는지 더 어렵게 만들었다. 우리는 겪어본 적 없는 일에 무지

했고 서로에게 상처를 주며 종래엔 함께 지쳐갔다.

나는 시아버지가 집에 계시는 동안 내가 직접 반찬을 만들어 차려 드린 적이 거의 없다. 솔직히 말하면 매 끼니 직접 밥상을 차려 옮길 체력도 없었다. 처음엔 죽이나 환자가 먹기 편하게 만들어 판매되는 반찬과 국을 사서 드리다가, 간이 약한 환자식이 입맛에 맞지 않으신 것 같아 다른 반찬을 몇 가지 찾아 상을 차려드리곤 했다. 내가 정성 들여 만든 것이라고는 쌀을 불리고 볶아서 끓여낸 쌀미음이 전부였다.

나는 끼니가 전혀 중요하지 않은 사람인 데다 입도 짧다. 게다가 편리하게 1일 1식이라는 라이프스타일이 생긴 요즘, 대체 왜 하루 세 번 꼬박꼬박 끼니를 챙겨 먹어야 하는지 이해할 수 없었다. 두 번 먹어도 되고 한 번 먹어도 된다고 생각하는 나와는 달리 시아버지는 밥심을 최고로 여기는 전형적인 옛 어르신이었다. 때에 맞춰 삼시세끼를 챙겨 드려야 한다는 사실만으로도 나는 충분히 지쳐있었다.

무엇보다 내 삶에 내가 없다는 사실이 나를 가장 힘들고 우울하게 만들었다. 당시 초등학교 입학을 앞둔 아이를 챙기는 것만으로도 버거웠는데 엄마로서, 며느리로서, 아내로서

계속 무언가를 요구받는 것이 괴로웠다.

　모두가 불편하지만 함께 한 공간에서 지내야 하는 상황. 시아버지를 모시는 그때를 나는 이렇게 표현할 수밖에 없다. 그때나 지금이나 시아버지를 모시게 된 그 상황이 나에게만 힘든 일이라고는 생각하지 않는다. 제 아무리 본인 아들 집이라지만 아들이 꾸려나가는 가정에서 손님과 가족 중간 언저리에 있으면서 마음 편히 무언가 할 수 없었던 시아버지나, 배우자와 아버지 사이에서 눈치 보며 외줄 타듯 중재해야 했던 남편이나, 기본적인 살림부터 구성원 한 명씩을 챙겨야 하는 일까지 전부 해내야 했던 나, 모두가 힘들기는 매한가지였을 것이다.

　누군가는 나에게 시아버지가 우리 집에 있으면서 맘 편히 식사 한 번 하신 적이 있으시겠냐고, 그럴 거면 아예 안 모시는 게 낫지 않느냐고 말하기도 했다. 물론 오지랖 넓은 누군가가 직접 해보지도 않고 쉽게 던지는 한마디쯤은 무시해도 되겠지만 그럼에도 그 말이 아직 마음 한편에 남아 있는 건 왜인지. 밥이라도 꼬박꼬박 제때 내 손으로 만들어 드렸다면 지금의 나는 조금이라도 더 떳떳할 수 있었을까. 그랬다면 마음에

남아있는 짐의 무게가 덜 했을지도 모른다는 생각을 한 적도 있었다.

한동안 나는 자책했고 남편이 건넨 가시 돋친 말들을 되새기며 어떤 날은 화를 내기도 어떤 날은 눈물을 흘리기도 했다. 그러다 어느 순간부터 그러지 않기로 마음먹었다. 어울리지 않는 효부孝婦의 가면을 쓰고 그런 척하느라 애쓰는 삶을 그만두기로 한 것이다. 시간과 정성을 들여 손수 만든 음식으로 건강하게 자식을 키워내고 어른들을 대접한 엄마와 이모들을 존경하지만 그녀들과 똑같이 해내지 못한다고 해서 내가 죄책감을 가질 일은 아니라고. 똑같이 희생하는 삶을 강요받긴 싫었다.

내 삶에는 결혼도 아이도 없을 거라 생각했던 때가 있었다. 그런 내가 결혼을 하고 아이를 낳았다. 뒤이어 마주한 두 갈래길 중에서 하나의 길을 선택했다. 그 길 위에 놓인 생각지 못한 돌부리에 걸려 넘어진 것은 나조차도 어쩔 수 없는 일이었는데, 계속 스스로를 탓하기만 할 순 없었다.

다른 이가 나를 비난할 때, 늘 내가 하던 대로 "남 일에 신경 꺼"라고 한마디만 했으면 마음속 불덩이는 그렇게 커지지

않았을 지도 모른다. 누군가 던진 불씨를 발로 밟아 끌 수 있는 것도, 불덩이로 키울 수 있는 것도 나였다. '~답게'라는 것에 매달려 쓰지 않아도 되는 애를 썼던 이도 결국 나였다. 그래서 더는 나를 괴롭히지 않기로 했다.

　　누군가 알아주지 않더라도 나는 시아버지와 함께하는 시간 동안 최선을 다했다. 닫힌 문틈으로 그가 내뱉는 신음소리를 듣고 쏜살같이 일어나 튀어갈 만큼 내내 신경을 곤두세우고 있었다. 우리 엄마는 그런 내 모습을 보고 어느 때보다도 속상해했다. 돌이켜 보면 그때만큼 큰 불효를 한 적이 있을까 싶을 정도로 내 삶에서 내가 없던 시절이었다. 누군가 그 시간에 대해 어떤 쓴소리를 하더라도 나는 당당하게 맞설 수 있을 정도로 노력했다.

　'~답지 못해서'가 아니라 단지 각자 지쳐있었고 서로에 대한 배려가 부족했다. 같이 보내는 시간동안 우리가 서로의 입장을 이해하려고 조금 더 노력했다면 얼마나 좋았을까 하는 아쉬움이 남는다. "내가 가장 힘드니까 나를 먼저 이해해 줘. 나를 먼저 챙겨줘" 보다 "그래 우리 다 똑같이 힘들어. 그래도 어쩌겠니. 같이 힘을 내보자"라고 말했다면. 그랬다면 우리가

서로에게 상처를 주고받았던 횟수를 훨씬 줄일 수 있지 않았을까.

다행히도 시아버지는 내가 사 온 음식이든 만든 음식이든 크게 가리지 않고 잘 드시는 편이었고 삼시세끼에 간식까지 꼬박꼬박 드실 정도로 입맛이 좋으셨다. 나는 유치원 졸업을 앞두고 집에 있게 된 아들의 점심까지 한 번에 챙기고 난 날이면 내 밥보다 몸을 누일 곳이 더 간절했다.

어떻게 시간이 흘렀는지도 모르게 정신없는 하루를 보낸 저녁때쯤이면 팔과 다리에 생긴 알 수 없는 멍들이 그제야 눈에 들어왔다. 바빴던 나의 하루를 증명이라도 하듯 멍은 총천연색으로 물들어 갔다.

④

항암 치료를
받지 않는다는 것의 의미

◆

아무리 아침부터 밤까지 포카리 스웨트로 버티며
그의 침대 곁을 지킨 사람이 며느리인 나였어도
나는 최종적으로 수술 동의서에
사인할 자격이 없는 사람이라는 것이다.

◇

    시아버지는 본인 몸에 이상이 있는 것 같다고 어느 정도 짐작은 했지만 그저 위胃에 무언가 있겠거니 하는 막연한 생각이셨다고 했다. 남편과 나는 병원에서 들은 정확한 병명과 증상, 앞으로 거치게 되는 과정들을 시아버지께 말씀드렸다. 특히 남편은 지금 아버지의 몸 상태가 어떤지 자세히 알려드렸다. 자식들과의 상의 끝에 시아버지는 항암 치료를 받지 않기로 결정하셨다. 가장 큰 이유는 나이와 체력이었다. 시아버지는 82세라는 나이에 키 165센티미터, 55킬로그램이 겨우

넘는 체중이었다. 더군다나 하루가 다르게 떨어지는 체력으로 인해 항암 치료가 부담스러우셨던 것이다.

우리가 만났던 간담췌외과 의료진은 환자가 고령이라는 점과 좋지 않은 체력이 우려스럽긴 하지만 1차 항암은 시도해보는 게 좋지 않겠냐고 했었다. 사실, 나도 같은 의견이었다. 하지만 항암 치료를 받지 않는 쪽으로 의견이 모아진 마당에 내가 의견을 제시하기에도 애매한 상황이었다.

무엇보다 결정하는 데 있어 촉발제가 되는 일이 있었는데, 바로 종양내과 교수님과의 면담이었다. 시아버지와 남편이 진료실에 앉자마자 교수님이 한 말은 이랬다고 한다.

> "췌장암 4기라고 하지만 연세나 다른 조건들로 봤을 때는 말기예요. 나을 수 없는 건 아실 테고 항암은 병의 진행을 늦출 뿐입니다. 통증은 마약성 진통제를 드셔야 하고요. 항암을 하시게되면 힘드실 거예요. 머리도 빠지고요. 그래도 일단 저라면 항암을 시도는 해볼 것 같습니다. 나가셔서 간호사한테 안내받으세요."

속사포처럼 쏟아진 설명 뒤에 시아버지와 남편은 교수님의 지시 같은 안내를 받고서 진료실에 들어간 지 3분만에 나왔다고 했다. 진료실에서 나온 시아버지는 지친 목소리로 남편에게 "그래서 치료를 받는 거나 안 받는 거나 남은 시간은 같다는 이야기가 맞느냐"라고 되물으셨다. 그렇게 최종적으로 항암 치료를 받지 않기로 한 것이다. 교수님이 진단에 대한 그의 생각을 속사포 랩처럼 쏟아내지만 않았다면, "나을 수 없는 건 아실 테고"라는 너무 직설적인 표현을 사용하지 않았다면, 우리는 시아버지에게 1차 항암이라도 시도해 보자는 말을 건넬 수 있지 않았을까.

내 친구 중에 어머니가 항암 치료를 받는 친구가 있어서 이 일에 대해 이야기했었다. 그런데 반응이 예상 밖이었다. 나는 그저 종양내과의 바쁜 분위기, 의사의 속사포 진단, 우리보다 더 나이 든 시아버지가 느낄 수밖에 없었던 차가운 응대에 관해 보호자로서 이해하고 공감할 수 있을 거라 생각했다. 하지만 친구는 의사의 그런 태도는 너무나 당연하다고, 그저 내가 종양내과 외래를 처음 가봐서 그런 분위기에 익숙하지 않은 것뿐이라고 했다.

그렇다고 해도 난 여전히 궁금하다. 우리 모두에게 태어남의 끝에 죽음이 있다는 절대적인 사실 외에 당연한 것이 어떤 게 있는지. 시아버지가 입원했었던 병동의 간담췌외과 담당 교수님과 면담한 날을 돌이켜 보면 그에겐 당초 세 시간으로 예상하고 시작한 수술이 네 시간이나 걸리게 된 불가항력의 상황이 발생했다. 특히나 수술이었으니 그는 수술실에서 온 신경을 쏟고 나왔음이 분명했다.

"보호자 분, 수술이 너무 늦어져서요. 면담을 내일 하면 어떨까요?"라는 말을 할 수도 있었을 것이다. 신체적으로나 정신적으로나 지쳤을 상황에서 수술을 끝내고 부랴부랴 달려와 병동에서 기다리던 보호자에게 늦어서 미안하다는 사과를 건네고 환자의 현재 상태와 예후를 설명해 주며 더불어 환자까지 다독여 준 간담췌외과 교수님은 과연 무엇이 달랐던 걸까.

종양내과 교수님은 늘 아프고 지친, 그것도 암이라는 큰 병에 걸린 외래 환자를 만나는 바쁜 의사라서 그의 태도는 당연하다고 너그럽게 넘기는 마음 넓은 보호자가 되어야 하는 것일까? 종양내과는 모든 과에서 암 진단을 받은 암 환자들이 항암 치료를 하기 위해 모이는 곳이고 어쩌다 그 앞을 지날 때

면 바쁘면서도 어두운 특유의 분위기가 느껴진다. 종양내과 의사들의 노고를 모르는 것도 아니다. 물론 모든 의사가 그런 건 아니지만, 몇몇 의사를 만날 때면 아픈 환자들에겐 그들이 그저 높은 첨탑 위에 존재하는 신기루 같은 존재라는 생각이 든다. 그리고 그 생각 끝엔 내가 고3 입시에 성공했더라면 얼마나 좋았을까 하는 자조 섞인 결론으로 이어지는 현실이 안타까울 따름이다.

그렇게 한 사람 인생의 마지막 장이 닫혀가는 중에 만난 첫 번째 선택지에서 우리는 일반적인 암 환자들과는 다른 길을 가는 환자와 보호자가 되었다.

하지만 우리가 항암 치료를 받지 않기로 결정했다 하더라도 필요한 약이 없는 것도 아니고 주기적으로 의사를 만나지 않을 수 있는 것도 아니었다. 암으로 인한 통증인 암성 통증은 시간이 갈수록 심해지기 때문에 마약성 진통제를 계속 처방받아야 했고, 한두 달에 한 번은 전문의를 만나 복수가 차고 있는지 황달이 생기진 않았는지 진찰받아야 했다.

그러나 흔히 말하는 동네 병원인 1차 병원에서 진료를 받기는 어려울뿐더러 마약성 진통제를 처방받는다 한들 결국

그 진통제는 1차 병원 근처 약국에서 당장 받을 수도 없는 게 현실이었다. 요양병원으로 가면 상황이 좀 더 나을까 싶었지만 시아버지는 요양병원에 대한 거부감이 상당히 크셨다. 게다가 요양병원 내에서 시티 검사나 그 외 정밀 검사 등을 받을 수 있는 경우는 거의 없다고 봐도 무방하기에 아무리 생각해도 암이라는 큰 병은 3차 병원에서 진료를 받는 것이 당연한 수순 같아 보였다. 우리는 집 근처 3차 병원인 모 대학교 부속 병원 소화기내과를 예약했다.

진료 당일에 만난 담당 교수님의 인상은 좋았다. 교수님은 시아버지의 병원 기록들을 살펴보시고 무엇보다 항암을 안 하기로 했다는 우리의 결정에 공감하고 지지해 주셨다. 시아버지 먼저 진료실에서 나가시고 나서 교수님은 환자의 나이와 체중, 병의 진행 정도 등을 고려했을 때 항암 치료는 득보다 실이 더 많을 것 같다는 말씀과 함께 여생을 편하게 정리하실 수 있게 도와드리는 것이 좋겠다는 조언을 해주셨다. 진통제와 먹던 약을 처방받고 시아버지의 기저 질환인 간경화와 부정맥 협진 일정까지 예약하고서 집에 돌아왔다. 우리는 모두 기진맥진했다.

어쩐 일인지, 지쳐서 금방 주무실 줄 알았던 시아버지의 컨디션이 점점 나빠지기 시작했다. 저녁 식사도 잘 못 하시고 평소 어지간해서는 진통제를 먼저 찾지 않던 분이 아랫배에 통증을 호소하시며 진통제를 달라고 하셨다. 병원을 다녀온 당일이니 더 당황스러웠다. 남편은 밤에 복잡한 응급실에 가서 절차를 기다리는 것보다는 우선 상황을 지켜보자 했고 우리는 그렇게 밤을 지새웠다.

다음 날 아침, 시아버지의 통증은 더 심해졌고 엎친 데 덮친 격으로 열도 나기 시작했다. 열이 난다는 것은 몸에 이상이 있다는 가장 기본적이면서도 긴급한 신호다. 우리는 바로 병원에 갈 준비를 했다. 그런데 여기서 문제가 생겼다. 병원을 가기 위해선 최소한 주차장까지는 이동을 해야 하는데 시아버지는 통증이 심해 그것마저도 어려웠다.

나는 이날 처음 알게 된 사실이 있다. 성인 두 명이 아픈 노인 한 명을 부축하는 일에도 엄청난 힘과 기술이 요구된다는 거였다. 우리는 이 당황스러운 상황에 결국 119에 도움을 요청했고 구급차에 올라탄 보호자는 내가 되었다. 나는 내가 시아버지의 보호자라는 것이 낯설었다. 남편이 있는데도 내

가 병원으로 가게 된 가장 큰 이유는 남편은 우리 집의 밥벌이를 책임지고 있는 가장이어서다. 남편이 꼭 투입되어야 마무리되는 프로젝트가 있었는데 회사는 우리의 특수한 상황을 고려해 그나마 집에서 일할 수 있게 남편을 배려해 주었다. 대체할 인력이 없을 만큼 그가 회사에서 중요한 사람이라는 사실에 나는 고마워해야 했을까?

당시엔 불평할 겨를조차 없었다. 나라도 갈 수 있어서 다행이라는 생각과 무사히 병원에 도착했다는 안도감이 먼저 들었다. 응급실에 가서 몇 가지 검사를 받고 나면 금방 다시 집에 갈 수 있을 거라고 단순하게 생각했다. 그러나 서너 시간 후 나는 본능적으로 느낄 수 있었다. 그건 완벽한 착각이었다는 것을.

시아버지의 경우 충수염이 진행되어 장이 터지면서 복막염으로 이어진 상태였다. 보통 사람들은 충수염이 생기면 통증을 느끼고 바로 병원에 가지만 시아버지는 암으로 인한 통증을 마약성 진통제로 다스리고 있다 보니 충수염이 악화되면서 발생하는 통증을 따로 느끼지 못하고 계시다가 시간이 경과되어 충수염이 복막염으로 진행될 때까지 시간을 보내버

린 셈이다.

예상과는 전혀 다른 방향으로 상황이 흘러가면서 마치 '영화 〈캐스트어웨이〉의 응급실 버전'이 본격적으로 시작되고 있었다. 그때 나에게 윌슨1은 아이폰, 윌슨2는 에어팟이었다. 시아버지와 같은 췌장암에 걸려 운명을 달리한 스티브 잡스 손에서 탄생한 아이폰이 '응급실 캐스트어웨이'의 윌슨1을 담당해 준 것이 운명이라면 운명이었다. 두 윌슨의 위로와 응원을 받으며 기나긴 대기 시간을 버티고 또 버텼다.

응급실에 가본 경험이 있다면 알겠지만, 응급실이라는 장소는 드라마로 인해 현실과의 간극이 지나치게 극대화된 곳 중 하나가 아닐까 싶다. 나는 응급실에 여러 번 갔던 경험이 있는데 갈 때마다 생기는 의문점이 몇 가지 있다.

첫 번째는 어쩜 그렇게 아픈 사람이 많아서 그 넓은 응급실이 늘 환자들로 붐비는지 내가 응급실에 갔을 때 사람이 많고 적고는 그저 나의 운 혹은 하늘의 뜻에 달려 있다는 생각이 들었다. 두 번째는 응급의학과 교수님을 만난 후에 담당과 교수님을 만나려면 두 시간 이상 대기는 기본인 데다 두 시간 후에 만난 전공의에게 응급의학과 교수님에게 했던 이야기를

다시 반복해야 한다는 것이다. 미리 녹음해 둘걸 그랬다는 생각을 한 적도 있다.

응급실은 갈 때마다 참 낯설고 힘든 곳이다. 시아버지를 모시고 바로 어제 왔다 간 병원의 응급실인데도 불구하고 검사 기록은 이전 병원에서 떼 온 것이어서 다시 검사를 받아야 했다. 비교적 빠르게 검사가 이루어졌지만 이후 대기 시간은 상상을 초월할 정도로 길었다. 시아버지는 열이 나고 혈액 검사상 백혈구 수치가 높게 나와서 심한 염증이 의심되는 상황이었다.

시아버지가 극심한 통증을 호소하셔서 나는 간호사에게 진통제부터 처방해 달라고 요청했고 해열 진통제가 같이 들어가는 중이라는 답변을 받았다. 나는 지금까지 마약성 진통제인 아이알코돈을 먹고 있었는데 지금 주사로 들어가는 해열 진통제로도 통증 조절이 가능한 건지 물어보았고 다시 답을 듣기까지는 30분이 넘게 걸렸다.

오래 기다려 만난 응급의학과 전문의는 시티 촬영된 것만으로는 정확한 판독이 어려워 영상의학과에 진단을 요청했으니 답변이 오면 다시 말해주겠다고 했다. 그리고 이미 앓은 몸

곳곳에 퍼져있다고 덧붙였다. 이때 의사가 썼던 표현은 그대로 뇌리에 박혔다. "담낭도 넘어갔고, 쓸개도 먹었고, 신장은 이미 알고 계시고. 다 암이에요 암." 당시 그 말을 들으며 퍼질 대로 퍼졌다는 암이 걱정되기도 하면서 왜 하필 쓰는 단어가 저 모양일까 생각했다. 응급실은 여러 가지 면에서 참 힘든 곳이라는 생각과 함께.

나중에 소화기내과 교수님을 만났을 때 응급실에서 들은 내용을 여쭤보았더니 도대체 어떤 놈이 그딴 소릴 하냐며 "쓸개에 있는 건 돌이지!"라고 버럭 하셨다. 교수님……? 왜 저에게……?

충수염이 의심된다는 진단을 받고 조금 있다 외과 인턴 선생님이 환자 확인을 하러 오셨다. 그때 내가 받은 질문은 또 다른 느낌의 충격을 안겨줬다. 충수염 수술을 할 건지 말 건지를 물었기 때문이다. 그날 응급실에서 만난 의사들은 참 여러 모로 놀라움을 선사했다. 그날따라 유독 내 기운이 평소와는 달랐던 걸까?

보통의 상식으로도 충수염이 복막염으로까지 진행되었다면 당연히 수술을 해야 하는 거 아닌가 싶었다. 내가 생각하는

당연함의 범주가 잘못된 건지 혼란스러웠고 그 질문을 어떻게 이해해야 할지 몰라 순간 얼음 상태가 되었다. 그런 나를 보고 인턴 선생님이 했던 말은, 항암 치료를 하지 않는다고 해서 혹시 종교적인 이유가 있는 건 아닌지, 모든 치료를 받지 않기로 한 건 아닌지 해서 묻는 거라고 했다. 나는 아니라고 대답한 뒤에 일단 지금 상태로 그냥 있으면 암이 아니라 패혈증으로 돌아가실 수 있는 거 아니냐고 되물었다.

그제야 그는 알았다며 입원 수속을 밟고 수술 스케줄을 잡자고 했다. 항암 치료를 안 받는다는 결정이 이런 긴급한 상황에서도 수술 여부를 확인해야 할 정도로 특이한 케이스인지 처음 알았다. 더 고통스럽지 않게 여생을 보내자고 선택한 '항암 치료를 받지 않는다'라는 뜻의 무게가 현실로 다가온 순간이었다. 어딘지 모르게 씁쓸했다.

메르스 이후 응급실에는 원칙상 환자 한 명당 보호자 한 명이 상주 가능하며 코로나19로 인해 보호자 교대는 불가했다. 그 말은, 내가 응급실에 발을 들이는 순간 환자 옆을 지켜야 하는 보호자는 나뿐이고 나를 대신해 줄 사람이 없다는 뜻이었다. 당연한 사실이지만, 응급실에서 음식물 섭취는 할 수

없고 의료진이 언제 보호자를 찾을지 모르니 자리를 꼭 지켜야 한다. 최대한 양보해도 보호자는 15분 이상 자리를 비우긴 힘들다. 그러니 그나마 내가 먹을 수 있는 것은 응급실에서 가장 가까운 자판기에서 구할 수 있는 것 중에서 찾아야 했다. 수술 전 입원실에 올라가는 데까지 응급실에서만 10시간을 있었다. 그동안 내가 먹은 것이라곤 자판기에서 뽑은 포카리스웨트 두 캔이 전부였다.

그렇게 12일 같았던 12시간의 기다림 끝에 입원 수속을 밟았다. 수술에 대한 설명을 듣고 수술실로 가기 전에 아주 잠깐의 짬이 났다. 나는 시아버지 입원 병동 간호사에게 잠시만 편의점에 다녀오면 안 되겠냐고 하루 종일 정말 아무것도 못 먹었다고 사정을 말했다. 그들의 표정에 드리우는 낭패감을 나는 충분히 읽을 수 있었다.

자리를 비우면 안 된다는 걸 알았지만 누군가의 말이라도 알아듣기 위해선 입에 뭐라도 넣어야 했다. 연신 미안하다는 사과와 함께 전화를 주면 바로 오겠다는 약속을 남기고 부리나케 1층으로 내려갔다. 그러나 야속하게도 1층에 도착하자마자 전화벨이 울렸다. 순간 울컥했다. 정말 조금의 찰나조차

허락되지 않았다.

집에서 아이 밥이라도 잘 챙겨주고 있을 줄 알았던 남편은 그때까지 일을 하며 병원 상황을 묻느라 정신이 없었고 병원 상황을 전달하는 나는 나대로 아이가 걱정되어 심난한 마음을 주체할 수 없었다. 그렇다고 디자이너인 남편이 모든 장비를 챙겨 병원에서 일을 할 수도 없는 노릇이었다. 그야말로 진퇴양난이었다.

그때 우리 집 상황은 6·25 때 난리는 난리도 아니라 말할 수 있을 정도다. 울컥하는 마음을 애써 꾹꾹 눌러 담으며 수술실이 있다는 3층으로 향했다. 수술에 대한 설명을 듣고 수술 동의서에 사인을 하려는데 여기서 정말 엄청나게 허탈한 사실을 알았다. 수술 동의서에 사인이 가능한 사람은 본인과 배우자, 직계 존비속뿐이라는 것이다.

다시 말해 인척 관계인 며느리는 얼마든지 종료될 가능성이 있는 관계이니, 아무리 아침부터 밤까지 포카리 스웨트로 버티며 그의 침대 곁을 지킨 사람이 며느리인 나였어도 나는 최종적으로 수술 동의서에 사인할 자격이 없는 사람이라는 것이다. 대체 반나절이 넘도록 내 새끼를 혼자 집에 두고 나는

겨우 음료수 두 캔으로 버티면서 왜 그 자릴 그렇게 지키고 있어야 했을까. 지금 생각해도 헛웃음이 나온다.

어떤 상황에서든 특히 생명이 오갈 수 있는 위급한 상황에서 법적인 책임 안에 있는 관계가 존재하고 그 관계에서 책임과 의무를 다해야 한다는 것을 충분히 알고 있다. 하지만 내가 수술 동의서에 사인할 수 없는, 법적으로 그렇게 정의된 관계라면 적어도 입원 수속이 끝날 때쯤엔 시아버지의 자식 중 누구라도 한 명이 내 자리를 대신해야 하는 게 아닌가 싶었다. 내가 매정한 걸까? 성인이 되어 군대까지 다녀온 시누이들의 아들들과 미취학 상태인 우리 아들은 똑같은 자식이니, 나는 자식 가진 부모로서 엄마의 입장인 시누이들을 그저 이해하고 배려해야 하는 걸까?

왜 그 상황에서 아무 말도 못했는지 당시 나의 답답함에 아직도 분통이 터진다. 결국 마취과 의사는 수술대에 누워있는 환자 본인에게 사인을 받겠다고 했다. 시아버지가 고령의 나이에 전신 마취를 하는 게 못내 마음에 걸렸지만 수술 동의서에 사인조차 할 수 없는 나로서는 달리 할 수 있는 일이 없었다. 수술실에 서둘러 들어가는 의료진을 붙잡고 더 이야기

하는 것도 도움이 되지 않을 것 같았다.

　나는 그날 밤 집으로 돌아가며 수술만 무사히 끝나면 될 거라고 이것보다 힘든 일이 또 뭐가 있겠느냐고 애써 나 자신을 달랬다. 그건 고작 시작일 뿐이라고, 난리의 서막에 불과하다고 지금의 내가 미리 말해줄 수 있었다면. 나는 몰라도 한참을 몰랐다.

　충수염은 여러 가지 원인으로 인해 충수 내부가 막히면서 발생하는 염증인데, 80여 년을 별 문제 없이 지내온 시아버지의 충수 내부를 막히게 한 원인은 기가 막히게도 암 조직이었다. 췌장에서 시작해 점점 그 영역을 넓혀가던 암세포가 충수를 터지게 만들었던 것이다. 암성 통증을 다스리기 위해 먹던 강력한 진통제가 통증 정도를 낮춰서 복막염으로 진행될 때까지 미미한 정도의 통증 수준으로 병이 진행되고 있었다. 그로 인해 해당 부위가 파열되어서야 응급실 문턱을 밟게 된 것이었다.

　항암 치료의 부작용을 우려해 항암 치료를 받지 않고 있던 사이 암세포는 점점 그 세력을 넓혀가고 있었다. 우리의 선택은 우리를 계속해서 시험대에 오르게 만들었다.

그리고 야속하게도, 이제 겨우 한 고비 넘긴 우리에게 또 다른 엄청난 폭풍이 다가오고 있었다. 폭풍전야의 밤이 바로 그 밤이었다.

5

섬망

❀

남편과 나는 당황을 넘어 무서움, 심지어는 두려움까지 느꼈다.
무려 3일의 밤을 불면으로 물들게 한 그의 섬망은
우리의 체력과 정신력을 산산조각 냈다.

◇

　수술이 끝난 후 집도의를 만나서 수술 당시 상황에 대해
자세한 이야기를 들을 수 있었다. 충수 내부 염증이 심해지다
못해 파열되면서 파열된 조직과 염증들이 떡처럼 엉겨 붙어
있었고 모두 닦아내느라 시간이 예상보다 조금 더 걸렸다고
했다. 충수 돌기 입구를 막은 원인이 암 조직이었고 의사는 이
렇게까지 파열된 조직이 엉겨 붙어 있는 케이스는 처음이라
고 했다. 항암 치료를 하지 않아 암이 계속 퍼지고 있어서 이
런 문제가 생긴 것으로 보인다며, 소화기내과 교수님과 항암

에 대해 다시 이야기해 보는 게 어떠냐는 조언과 함께 면담은 끝났다.

남편과 교대를 하고 집에 돌아오니 밤 12시가 다 된 시각이었던 것 같다. 당시 정확히 몇 시였는지, 얼마나 피곤했는지도 기억이 희미하다. 부은 다리와 발 때문에 신발이 잘 벗겨지지 않았던 느낌과 몇몇 잔상만이 남아있다. 그저 어서 집에 가서 드러눕고 싶다는 마음으로 버티다 그 마음 그대로 집에 가자마자 뻗어버렸다.

내 체력으로는 다음 날 바로 입원실에 보호자로 앉아있을 자신도 없었고 어제 온종일 고생한 걸 남편도 충분히 알아줘서 조금 시간을 낼 수 있었다. 남편은 잠깐 회사에 들렀다 반차를 내고 다시 병원으로 갔고, 나는 밀린 집안일부터 해치우고 그간 소홀했던 아들에게 눈길이라도 한 번 더 주려고 애썼다. 주어진 본분을 다하면서도, 본격적으로 시작될 입원 환자의 보호자 생활에 대비해야 한다고 생각하니 골치가 아팠다.

낮엔 내가 병실에 있다 하더라도 밤엔 남편이 보호자로 있어야 했다. 남편이 병원에서 출퇴근해야 한다는 의미였다. 환자와 보호자 둘 다 조금이라도 편하게 있으려면 1인실이 좋을

것 같아서 입원 절차를 밟을 때 나는 병실을 1인실로 요청했었다. 남편은 굳이 그럴 필요가 있냐고 아무렇지 않게 말했지만, 12시간을 병원에 있으면서 날이 설대로 서 날카로워진 내 신경을 건드리기에 충분했다. 그렇게 시작된 말싸움은 여태껏 했던 말싸움 중 가장 피곤하고도 화려했다. 하지만 24시간이 지나지 않아 남편은 나의 선택을 '신의 한 수'라 인정할 수밖에 없었다.

마취에서 깨어난 시아버지에게 수술 후 '섬망delirium' 증상이 찾아왔기 때문이다. 환시, 환각, 환청과 함께 인지기능 저하를 동반하고 장소에 대한 지남력 저하와 수면장애를 유발하는 섬망은 수술 시 전신 마취를 하는 노인 환자의 경우 절반 이상 이 증세가 나타난다고 한다. 오죽하면 증세가 심할 경우엔 결박한다는 동의서에 사인을 하는 경우도 있을 정도다. 내 인생에서 절대 돌아가고 싶지 않은 순간 하나를 고르라면 난 주저 없이 시아버지에게 섬망이 왔던 바로 그 순간이라고 말할 것이다.

시아버지는 수술 후 다행히 중환자실이 아닌 바로 입원 병동으로 옮겨지셨지만, 수술한 지 12시간 정도가 지난 다음 날

밤 10시경부터 아주 뚜렷한 섬망 증상을 보였다. 남편이 시아버지와 함께 잠을 청하려고 수면 등을 켜놓고 누운 그때였다. 생생한 환청과 환각, 불면 이 세 가지가 한꺼번에 찾아왔다. 처음에 시아버지는 누군가가 자신을 힘없이 쳐다보고 있다고 하시다가 또 갑자기 양치질을 하겠다며 새벽 1~2시쯤에 일어나길 반복하셨다.

화요일 밤에 수술을 받고 수요일 밤부터 시작된 섬망은 자정을 넘어 목요일 새벽까지 이어졌다. 잠 한숨 주무시지 않은 시아버지를 돌보느라 남편도 같이 잠을 못 잤다. 그리고 목요일, 내가 병실에 점심때쯤 도착해서 남편이 퇴근하고 오기 전까지도 섬망은 계속되었다.

시아버지는 침대와 휴대폰이 온통 흙투성이에다가 개미가 잔뜩 있어 침대에 눕지 못하겠다 하시며 링거와 소변 줄이 꽂혀 있는 상태인데도 계속 일어나 걷겠다고 고집을 부리셨다. 대체 어디서 솟아나는 힘인지 말릴 수가 없을 정도였다. 또 하지도 않는 옆방 공사 소음 때문에 시끄러워 죽겠다며 그만하라고 말 좀 해달라고 하셨다.

그런데 막상 간호사가 와서 여기가 어디냐, 내가 누구냐

물으면 아주 정확하게 ○○대학교 부속병원 ○○ 간호사 선생님이라 대답하셨다. 하얀 침대 시트 위에 있을 리 없는 개미 떼가 보인다며 괴로워 하시면서도 묻는 질문에는 한 치의 흐트러짐 없이 대답하시는 시아버지를 보고 나도 간호사도 잠시 할 말을 잃었다. 서너 시간 넘게 시아버지를 쫓아다니다 보니 이러다 내가 옆 병실에 입원하겠다 싶어 도저히 안 되겠으니 진정제든 수면제든 제발 약 좀 처방해 달라고 간호사에게 부탁했다.

그리고 오후 5시가 넘어서야 겨우 약을 처방받을 수 있었다. 순간 눈물이 날 뻔했다. 섬망에 대한 약은 보통 오전~낮 시간에는 처방되지 않는다고 한다. 낮에 아무리 섬망 증세로 인해 서로가 고달프더라도 약을 처방받을 수 있는 저녁~잠자기 전 시간까지 기다릴 수밖에 없었다. 당시에 설명을 듣긴 했지만 의사도 약사도 아닌 내가 알아듣기엔 어려웠고, 주사제를 맞고 얌전히 누운 시아버지를 보고서 긴장이 풀려 제대로 듣지 못했다. 어쨌든 섬망에 처방되는 약물의 특성 때문에 그렇다는 것만 어렴풋이 기억난다.

의사는 현재 수술로 인해 저하된 컨디션을 회복하면 환자

의 증상은 점차 나아질 거라고 했다. 문제는 80대 남자 노인 환자라면 대부분 전립선 비대증이 있는데, 섬망이 심해져 소변 줄이라도 마음대로 빼버릴 경우라고 했다. 다시 꽂는데 더 큰 수고가 든다며 환자가 소변 줄이나 주사를 억지로 빼려 하면 보호자가 보기엔 마음이 아플지라도 환자를 침대에 결박하는 수밖엔 없다고 덧붙였다.

보호자인 우리를 포함해 병동의 의료진은 혹시라도 시아버지가 몸에 있는 무엇이라도 빼버리진 않을까 노심초사 하며 상황을 지켜보고 있었다. 약 기운으로 섬망 증세는 잦아드는 것처럼 보였다. 교대를 앞두고 나는 낮에 있었던 상황을 대략적으로 남편에게 설명했다. 다행히 심각한 증상은 지나간 것 같다고, 이제 괜찮지 않겠냐고 안심하는 우리를 보기 좋게 비웃듯 섬망은 시아버지를 쉽게 떠나지 않았다.

그날 밤, 시아버지는 과거 산업 역군으로 일하던 그때 그 시절로 타임워프 하며 섬망 증세의 정점을 찍으셨다. 온갖 중장비가 즐비한 곳에서 현장을 진두지휘하는 그의 모습은 70~80년대 빛나는 산업 역군의 한 명으로서 희망 찬 장면 하나를 연출해 냈다. 그러나 2020년 한 대학병원 입원실에서 부

활하기엔 매우 시기 부적절했고 무엇보다 수용 불가능한 영역이었다. 남편의 이름을 외치며 대피 신호를 보내시던 시아버지는 그날 밤도 하얗게 지새우셨다.

잠도 안 자고 평소와 전혀 다른 모습을 보여주는 시아버지가 안 보이는 것은 보인다, 보이는 것은 이상하다고 말씀하시는데 우리가 할 수 있는 일이 없었다. 그게 아니라고 해도 믿어주질 않는 데다 단 한 순간도 가만히 있지 않으시니 남편과 나는 당황을 넘어 무서움, 심지어는 두려움까지 느꼈다. 무려 3일의 밤을 불면으로 물들게 한 그의 섬망은 우리의 체력과 정신력을 산산조각 냈다.

그리고 섬망 앞에선 백의의 천사조차 냉정한 인간으로 변하고 그 앞에서 보호자는 죄인이 될 수밖에 없음을 체감했다. 바꿔 생각해 보면, 의료진에게도 섬망 환자는 아주 신경이 많이 쓰이는 환자일 것이다. 별 것 아닌 일에도 놀란 보호자는 지나치게 의료진을 많이 불러댈지도 모른다. 의료진의 노고와 특히나 힘든 환자를 대하는 어려움을 이해 못하는 것도 아니고 되레 미안하게 생각한다. 하지만 시아버지의 부탁으로 옥수수 수염차를 사러 가는 길에 '자리 안 지키고 어딜 가니?'

라고 말하는 듯한 스테이션 너머의 싸늘한 눈초리를 느낄 때면 화장실이라도 길게 갔다간 큰일 날 것만 같았다. 물론 나만의 착각일 수도 있다. 그만큼 섬망은 누구에게든 일말의 여유나 배려마저 앗아가는 무서운 그림자처럼 느껴졌다.

노인 환자는 전신 마취 수술 후에 섬망이 오는 경우가 많고 전신 마취 자체가 환자에게 부담을 준다고 해서 수술 전에 마취과 선생님과 수면 마취에 관해 이야기를 나누었다. 하지만 혹시나 환자가 의식이 있어 움직일 경우 위험한 일이 생길 수 있어서 복막염 수술을 비롯한 일부 수술의 경우 오히려 전신 마취를 하는 것이 안전하다고 했다. 환자가 더 고통스럽지 않으려면 한시라도 빨리 환자 본인에게 수술 동의서 사인을 받아 수술을 하는 게 최선이라고 했다.

동의서에 사인할 수 없는 관계인 나는 염려되는 사항들에 관해 더 질문하지 못했었다. 그런데 그 순간이 이렇게 내 발목을 잡을 줄이야. 한 번 더 물어보기라도 했다면, 섬망에 대해 조금이라도 미리 알고 있었다면 그렇게까지 놀라거나 고생하지는 않았을 텐데 하는 후회가 어김없이 찾아왔다.

하지만 수면 마취를 한다고 100퍼센트 섬망이 오지 않는

것도 아니고 전신 마취를 한다고 100퍼센트 섬망이 오는 것
도 아니니 후회는 금방 털어버려야 했다. 당장 눈앞에 닥친 시
아버지의 병간호에 신경 쓰는 일이 더 시급했다. 환자의 불면
은 보호자의 불면이기에 남편은 산업 역군의 재림 현장에 함
께 하느라 두세 시간도 잠을 제대로 자지 못한 채 출근했다.
거기다 나는 나대로 성질에 맞지 않는 보호자 노릇에 열이 뻗
쳤다.

　나는 할머니, 할아버지와 같이 연세 있으신 분들과 잘 지
내는 방법을 모른다. 누군가에겐 엄청난 그리움의 존재, 무조
건적인 사랑을 주는 존재겠지만 아쉽게도 나에겐 해당사항이
없었다. 친할머니는 외손주들을 키우느라 바쁘셨고 외할머니
는 물리적으로 거리가 멀어 일 년에 한 번 얼굴 뵙기도 힘들었
다. 어릴 때부터 조부모 또는 외조부모와 같이 살거나 가깝게
지낸 경험이 없던 나에겐 연세 많은 분들은 그저 어렵고 멀기
만 한 존재였다.

　처음 시아버지와 함께 지내는 것도 버거웠는데 변해버린
시아버지 뒤를 쫓아다녀야 하는 상황까지 감당하기 힘들었
다. 아침에 바꾼 새 시트를 정말 깨끗한 거라고, 마치 고집 부

리는 어린아이를 달래듯 주름 가득한 손을 붙들고 애걸복걸해야 했다. 병원에 도착하기 전까지는 남편에게 증상만 전해 듣고 무서운 마음이 컸다면, 도착 후 벌어진 상황에 짜증이 난 것이 솔직한 내 마음이었다.

지남력 없이 마구 움직이려는 증상이 나타나 힘들었던 중증의 섬망이 지나간 뒤에는 입원 기간 중 아주 어려운 일은 없었다. 다만, 일반 충수염 수술 환자보다 암으로 인해 전반적인 컨디션이 저하된 시아버지의 경우 최소 열흘에서 2주 가까이 입원을 해야 한다고 했다.

노인 환자이니 병원에선 보호자가 계속 곁에 있어 주길 바랐다. 우리 부부가 교대하며 병실을 지키는 것도 한계가 있어서 통합 간병 병동에 시아버지를 입원시키려고 하니 코로나 때문에 보호자 면회조차 허락되지 않는다 했다. 별다른 방도 없이 남편과 내가 시아버지 곁을 교대로 지키는 수밖엔 없었다. 보호자용 간이침대에서 쪽잠을 청하고 출근해야 하는 남편의 체력은 눈에 띄게 약해져 갔다.

걱정하고 있던 찰나에 지방에 사는 큰 시누이가 주말 이틀 동안은 병원에 있겠다고 해서 우리 부부는 잠시 숨을 돌릴 수

있었다. 그렇다고 해서 긴장의 끈을 놓을 수는 없었다. 소화기내과 협진에서 확인할 내용을 시누이에게 미리 이야기해 두었지만, 무슨 이유에서인지 진료는 이루어지지 않았다. 협진 일정에 맞춰 소화기내과 교수님이 입원 병동까지 왔지만 진료가 진행되지 않았던 탓에 교수님은 엄청 화를 내시며 돌아가셨다고 했다.

어떻게 해서 일정이 어그러지게 된 건지 아직도 자세히 알지는 못하지만 나는 수술을 집도했던 교수님을 만나 사정을 듣고 연신 죄송하다고 고개를 숙였다. 나의 사과를 받고 외과 교수님은 소화기내과 교수님에게 몇 번이나 지난날의 수고를 사과드린다며 다시금 협진 요청을 드렸으나 매번 거절당했다. 친절한 외과 레지던트 선생님이 소화기내과 교수님께 싫은 소리를 들었다는 말에 유난히 더 미안했던 기억이 난다.

다사다난하고 화려했던 2주 가까운 입원 기간이 지나고 시아버지는 전처럼 우리 집으로 오셨다. 아무래도 전신 마취까지 감행한 수술 뒤라 그런지 시아버지의 체력은 눈에 띄게 더 떨어지신 것 같았다. 몸 상태로 인해 힘들고 예민해진 시아버지를 나는 최대한 편히 모시려고 노력했다. 지금까지의 노

력과 앞으로의 노력에 대한 결심의 대가가 내 인생, 내 마음속에 큰 생채기를 남기게 될 거라곤 상상도 못하고서.

미리 알았더라면, 나는 어디서부터 시작하지 않았을까? 이 글을 쓰면서도 쓰여서는 안 되는 글이었다고 생각한다.

6

말해봐요,
나한테 왜 그랬어요?

누구보다 삶의 의지가 강한 분이고
또 누구보다 본인 자식들에게 하고픈 이야기라는 것도 알기에
나에게 말할 수밖에 없는 시아버지의 상황이 안타까웠다.

◇

　　"내 가방이 어디 갔냐?"

　　시아버지의 한마디로 우리 집은 말 그대로 발칵 뒤집혔다. 당황한 나는 남편에게 이게 어떻게 되어가는 상황인지 묻는 간절한 눈빛을 보냈고 남편은 새로운 가방 안에 아버지가 말씀하신 대로 잘 정리했다고 흥분한 시아버지를 달래며 설명했다.

　　산업 역군의 화려한 밤이 지나고 섬망이 잦아들기 시작했던 그날, 사건은 이미 시작되었던 것이다. 엄청난 섬망 이후에

시아버지는 모든 기력을 소진하신 듯 보였다. 갑자기 조용히 나를 부르시더니 본인이 살날이 얼마 남지 않은 것 같다 하시며 정리해야 할 것들에 대해 말씀하셨다. 가져온 짐 중에 통장과 도장이 어디 있는지, 비밀번호는 무엇인지, 통장과 카드들을 어떻게 정리하면 되는지 하나하나 알려주셨다. 마지막 정리를 맡기고 싶으셨던 모양이다.

이 얘기를 들은 남편이 놀라며, 아버지는 아무한테나 그런 거 이야기해 주시는 분이 아니라고, 며느리에 대한 믿음이 엄청나게 커지신 모양이라고 했다. 그 얘기를 들으니 왠지 더 마음이 좋지 않았다. 누구보다 삶의 의지가 강한 분이고 또 누구보다 본인 자식들에게 하고픈 이야기라는 것도 알기에 나에게 말할 수밖에 없는 시아버지의 상황이 안타까웠다. 남편과 이야기를 나눈 후 나는 시아버지 짐을 정리하기 시작했다. 통장과 도장을 한곳에 모으면서 또 한 번, 이런 정리를 해야 하는 상황에 속이 상했다.

시아버지가 가지고 있던 작은 손가방을 발견했을 땐 노인네 나름의 귀여운 면이 있다고 느꼈다. 해질 대로 해진 그 가방 안에 OTP 카드가 웬 말, 보안 카드조차 없이 오로지 지류

통장만이 차곡차곡 쌓여 있었다. 기장이 끝난 통장까지 다 모아둔 것을 보고 역시 노인네는 노인네구나 싶으면서 왜인지 이 해진 가방의 제조 날짜가 궁금해졌다. 그렇게 한참 가방을 탐험하는 중에 유언장을 발견했다. 매년 본인이 점점 약해지신다며 혹시 갑자기 자신이 잘못됐을 때 재산 정리는 아들에게 맡긴다는 내용이었다. 5~6년 전부터 1~2년에 한 번씩 새롭게 써서 넣어두신 것이었다.

나는 시아버지 나름대로 본인의 마지막을 준비해 오신 과정들을 직접 마주하며 여러 감정에 휩싸였다. 내가 결혼한 초창기만 하더라도 시댁에서는 가족 모임이 자주 열렸다. 가족 여행을 위한 계를 들자며 웃음소리가 끊이질 않았다. 특히나 명절 바로 전날은 시아버지의 생신이어서 원래 시댁에선 설 연휴가 거의 파티 주간이나 다름없었다. 하지만 시어머니가 쓰러진 이후부터는 참으로 조용해졌다. 20여 년 넘게 온 가족이 모여 시끌벅적하게 생일을 보내던 시아버지에게 어느 순간 쓸쓸해진 집 안 풍경은 낯설게만 느껴지셨을 것이다. 그 시간들을 떠올려 보는 것만으로도 참 쓸쓸했다.

시아버지의 집 정리를 마무리하면서 앞으로 얼마나 쓰실

수 있을지는 모르겠지만, 새 가방을 쓰셨으면 좋겠다는 마음으로 깔끔한 가방 하나를 마련해 그곳에 짐을 넣어두었다. 그게 화근이었다.

이내 새 가방을 열어 본인의 물건이 무사한지 확인한 시아버지가 가방을 추스르며 상황은 일단락되는 듯 보였다. 하지만 그때 나를 쳐다보는 시아버지의 눈빛은 지금까지도 내 마음 깊이 새겨져 있다. 세월이 흘러 그때의 기억이 흐릿해질 수는 있겠지만 아마 평생 잊지는 못할 것 같다.

분명 그의 눈은 나를 '도둑'이라 말하고 있었다. 입 밖으로 꺼내지는 않았지만, "감히 네가 어디에 손을?"이라고 말하는 눈빛이었다. 그날 나는 많이 울었고 조금 모자라지만 착한 남편은 중간에서 이러지도 저러지도 못한 채 나에게 평생 먹을 욕과 구박의 20퍼센트쯤을 그날 밤 들어야 했다. 아버지 마음이 약해지고 생각이 흐려져서 그런 거지 본심이 아닐 거라는 남편의 위로도 귀에 들어오지 않았다.

한때 나의 삶은 꽤 고달팠다. 나는 비 오는 날을 좋아하지만 내가 아끼는 플랫 슈즈는 밑창이 떨어져 맑은 날에만 신을 수 있었고 교통카드의 최소 환승 잔액에서 30원이 모자라 환

승을 하지 못해 집까지 남은 열 정거장을 걸어서 갔던 날도 있었다. 주머니 안에 있던 낡은 엠피스리MP3 플레이어의 배터리가 충분해서 다행이라고 스스로 위안 삼았다. 그저 귀로 흘러들어오는 노래를 들으며 열심히 걷는 것이 최선인 날들이었다. 지금이야 아무렇지 않게 말할 수 있고 오히려 몇몇 기억은 미화되어 있지만 당시 나는 막막했고 두려웠고 스스로를 많이 원망했다.

그 시절은 부모님의 경제적 어려움을 모른 채 허황된 시간을 보낸 지난날에 대한 통렬한 후회로 얼룩져 있다. 나는 아침엔 학교에서 근로 장학생으로, 수업 후엔 학원 강사나 과외 아르바이트로 그리고 밤엔 24시간 운영하는 커피 전문점과 편의점 등에서 일하며 24시간 같지 않은 24시간을 보냈다. 돈이 매우 절박했지만 적어도 남의 것에 눈을 돌리거나 양심을 속이는 행동은 절대 하지 않았다.

로또 한 장의 일확천금을 꿈꾸긴 했어도 편의점 시제를 맞추기 위해 신경을 곤두세우며 하루하루를 충실하게 살았다. 더 정확히는 일확천금의 꿈도 잠깐의 여유가 있을 때나 가능했지, 난 그저 내 힘으로 돈을 벌 수 있는 기회가 더 주어지길

바랐다. 그 시간을 보내며 배운 것은 내 인생의 근간이 되었다. 돈이 있으면 편하게 살 수 있지만 돈으로 절대 살 수 없는 것이 분명히 있다는 사실 역시 그 시기에 깨달았다.

그러나 시아버지의 눈빛으로 내 신념은 한순간에 부정당했고 마음에 상처가 남았다. 그냥 넘길 수도 있는데 왜 그 눈빛이 나를 이렇게까지 힘들게 하는지 몇 번이나 곰곰이 생각해 봤다. 짧게라도 나와 함께 있어 본 사람이라면 최소한 내가 남의 것을 탐내는 사람은 아니라는 것을 금세 알아봐 주었는데, 시아버지는 나를 그렇게 봐주지 않아서 억울했던 것 같다. 아무리 불편해도 남편의 아버지이므로 모든 것을 감수하고 나름대로 최선을 다하고 있었는데 고작 나를 그 정도 인간으로밖에 보지 않았다는 사실에 화도 났다. 함께하는 동안 나를 계속 지켜봤을 나의 시아버지가 그런 눈빛을 내게 보냈다는 현실을 받아들이기 버거웠다.

사람 보는 안목과 말을 걸러 듣는 귀는 세월이 주는 선물이라 여겼건만, 나는 그저 대단한 착각 속에 빠져있는 이상주의자였다. 남의 것에 눈독 들이고 계산적인 사람이 어떤 사람인지 80년 넘게 사신 분이 정말 모르셨던 걸까. 누구도 알 수

없다. 당신의 마지막을 정리하겠다며 해준 이야기들도 섬망의 한 조각이었던 것인지 아니면 나를 탓하는 그 눈빛마저도 섬망의 한 순간이었는지, 수술 이후 일어난 그 모든 일들이 섬망에서 비롯된 것인지는 확실치 않다.

시아버지의 눈빛이 그의 본심은 아닐 거라는 상투적인 위로를 뒤로 흘려보낸 뒤 상처 입은 마음을 한두 번의 쓸쓸한 큰 한숨으로 달랠 수 있는 정도가 되기까지는 꽤 시간이 걸렸다. 지금은 그 일련의 일들이 섬망의 한 부분이 아니었을까 생각할 수 있게 된 즈음을 지나고 있다. 언제쯤 웃으며 "그럴 수도 있었겠다"라고 온전히 이해할 수 있게 될까.

그 사건을 겪으며 확실히 알게 된 것은, 죽음을 목전에 둔 그에게 가장 중요한 건 '돈'이라는 사실이었다. 그전까지는 통크게 용돈을 쥐어주시며 "고맙다, 덕분에 내가 산다"라는 말을 반복하시던 시아버지였다. 하지만 그날 이후로 시아버지는 뒤늦은 시집살이라 부르기에도 애매하고 화풀이라고 하기에는 유치한, 복수 아닌 복수를 시작하셨다.

7

트라우마가 남긴
흔적

환자의 보호자로 살아가며
모든 일에 감정을 쏟는 것도 힘들지만,
이렇게 점차 무감각해져 가는 나 자신을 마주하는 게
훨씬 더 서글픈 일일지도 모른다고 생각했다.

◇

누구나 마음에 생채기가 날만한 일을 겪으면 크든 작든 트라우마가 생기기 마련이다. 시아버지와 함께 지내며 생긴 트라우마는 아직도 남아 가끔 나를 놀라게 할 때가 있다.

나는 평소 운전을 좋아한다. 동시에 주차장 입구에서 가까운 자리, 일명 로얄석을 선호하는데 거기다 자타공인 주차장 빈자리를 잘 찾는 매의 눈과 금방 나갈 것 같은 차를 알아보는 촉까지 있다. 어느 순간 우리 집의 주 운전자가 내가 되면서 운전석 쪽은 내가 내릴 수 있는 최소한의 공간만, 조수석 쪽은

최대한 공간을 확보해서 주차를 하는 완벽한 버릇까지 생겼다. 반면 남편은 처음 딱 눈에 띄는 자리에 그냥 주차한다. 그곳이 입구와 멀든 말든 검은색인 우리 차에 해가 내리쬐든 말든 신경도 안 쓰고 주차만 하면 된다는 식이다.

남편과 나는 사소하게는 주차 자리를 찾는 스타일부터 크게는 사고방식까지 참 다르다. 나를 A타입, 남편을 B타입으로 구분하자면 시아버지는 A타입을 선호하시는 분이다. 그래서인지 나의 확실하고 빠릿빠릿함을 좋아하셨고 기회가 되면 시아버지의 병원 가는 일은 거의 내가 맡아서 했다. 내 전문인 지하 주차장에서 예기치 못한 문제가 발생하기 전까지는 말이다.

시간이 지날수록 시아버지는 자신의 신세가 불쌍하다며 매일 눈물짓길 반복했고 함께하는 우리도 덩달아 지쳐갔다. 퇴원 후 첫 소화기내과 외래 일정이 잡혀 있던 그날은 아마 시아버지의 우울감이 극도로 고조된 날이 아니었을까 싶다.

교수님께 퇴원 후 있었던 일들과 그동안 시아버지 몸의 변화에 대해 말씀드렸다. 특히 유독 더 나오기 시작한 배에 관해 이야기했다. 교수님과의 초반 진료에서, 췌장 머리 쪽에서 시

작한 췌장암은 고통이 매우 큰 반면, 시아버지의 경우처럼 췌장 꼬리 쪽에서 시작한 췌장암은 비교적 고통은 덜하지만 점점 복수가 차면서 배가 불러올 것이라는 말을 기억하고 있었다. 당시 시아버지의 몸 상태는 복막으로 전이된 암이 배꼽 쪽으로 튀어나와 육안으로 확인할 수 있는 정도였다. 언제든 병이 급격히 진행될 수도 있다는 생각에 수술 이후로는 더 유심히 변화를 지켜봤었다.

교수님은 우선 입원했을 때 찍은 시아버지의 시티 사진과 전반적인 병의 진행 정도, 수술 당시와 입원 기간에 작성된 차트 등을 확인하셨다. 그리고 생이 얼마 남지 않았다는 의미를 전달하시려는 듯 시아버지에게 이제 고향에 내려가 정리를 하는 게 어떠시냐고 말씀하셨다.

나는 진료실에서 나와 시아버지에게 잠시 1층에 앉아 계시라고 하고선 다음 진료 일정을 예약하고 약국에 두 달 치 약을 받으러 갔다. 여기서 정말 중요한 팁이 있다. 한 달 이상 매일 먹어야 하는 약을 처방받는다면, 특히 박스 포장된 대용량 약이라면 꼭 남자 보호자가 약을 가지러 가거나 적어도 남자 보호자가 동행하는 것이 좋다. 약을 건네주는 약사님의 표정

에서 좋지 않은 느낌을 직감했을 때 나는 열심히 잔머리라도 굴렸어야 했다.

남녀를 떠나서 키 153.5센티미터에 40킬로그램 초반 몸무게인 내가 사용 가능한 힘 자체가 크지 않은데다 매일 먹어야 하는 두 달 치 약은 생각보다 엄청나게 많았다. 게다가 시아버지는 대장에 스텐트 시술을 받은 상태라 변비를 특히 조심해야 돼서 포 형태의 대장 운동 촉진제를 삼시세끼 식사 이후 매번 드셔야 했다. 이 약이 내 뒷목을 잡게 할 줄이야⋯⋯. 병원 로비까지 가서도 뒤이어 올 사태를 예상 못했던 내 무지함이 다시금 한탄스러울 따름이다.

나는 그때 수레라도 가져갔어야 했다. 아니면 약을 먼저 차에 싣고 시아버지를 모시러 가던지. 왜 작은 융통성마저 없었을까. 그땐 무슨 생각이었는지 그 무거운 약들을 다 들고 시아버지를 모시러 갔다.

다른 날은 몰라도 그날만큼은 무조건 지상 주차장 혹은 지하 주차장 엘리베이터 바로 앞에 주차했어야 했다. 겨울이라 금세 한기가 드는 지상 주차장을 피해야겠다는 생각에 한층 어두운 지하 주차장에 차를 댄 나의 오버 센스와 그날따라 몇

바퀴를 돌아도 로얄석은 비워질 기미가 보이지 않아 더는 지체할 수 없었던 나의 급한 마음이 빚어낸 결과는 참혹했다. 안 그래도 눈이 어두운 시아버지가 암으로 인해 컨디션이 안 좋아지며 앞이 더 안 보인다는 사실을 간과하게 만들었다.

내 나름대로는 최대한 입구 가까운 곳에 주차를 한다고 했는데 그 길이 그렇게 멀 줄은 몰랐다. 한없이 어둡고 넓은 지하 주차장에서 시아버지가 기댈 곳은 나뿐이었다. 그러나 양손 가득 무거운 짐을 들고 있던 나는 시아버지만 부축할 수 있는 형편이 아니었다. 무거운 짐과 나에게만 의지하는 시아버지의 무게까지 더해져 나는 빨리 걸을 수도 천천히 걸을 수도, 울 수도 웃을 수도 없는 상황이었다. 그래도 고지가 앞이라고 스스로를 다독이며 주춤주춤 발걸음을 옮기던 바로 그때였다. 시아버지가 주차장 도보 턱을 미처 발견하지 못하고 넘어지셨다. 내가 붙잡을 새도 없었다.

안 그래도 며느리며 자식들에게 섭섭할 대로 섭섭함을 느끼고 계신 데다, 오늘 만난 교수님까지 고향으로 가서서 정리하시는 게 좋겠다는 희망이 없는 이야기를 들으신 시아버지의 설움이 그만 거기서 터져버렸다. 진짜 아파서인지 아니면

서러워서인지 시아버지는 지하 주차장 넘어진 자리 그대로 주저앉아 엉엉 우셨다. 아이처럼 우는 모습을 본 나는 당황은 둘째 치고 어디 뼈라도 부러지신 건 아닌지 살펴봤다. 이 상황을 어떻게 수습할지 열심히 머리를 굴리는 내 스스로가 참 낯설게 느껴졌다.

나는 거동이 부자연스러운 환자의 보호자 역할이 처음이었는데도 눈앞에 벌어진 상황에 놀라거나 당황하기보다는 그저 해결책을 먼저 찾으려 했다. 상황을 해결할 사람이 나뿐이니 당연한 반응일 수 있지만 왠지 서글펐다. 수습을 하고 돌아오는 차 안에서, 환자의 보호자로 살아가며 모든 일에 감정을 쏟는 것도 힘들지만 이렇게 점차 무감각해져 가는 나 자신을 마주하는 게 훨씬 더 서글픈 일일지도 모른다고 생각했다. 시아버지는 진정이 되고 본인도 민망하셨는지 이젠 괜찮다고 말씀하셨다. 하지만 나는 점점 능숙해지면서도 지쳐가는, 병원에서 쉽게 마주칠 수 있는 수많은 보호자 중 한 명이 되어가는 것 같아 괜찮지가 않았다.

그 일은 시아버지에게도 일종의 트라우마가 된 것 같았다. 다음 병원 방문 때였다. 나는 신경 써가며 조심스럽게 시아버

지를 부축하고 있었는데 다시 또 약간 올라온 턱에 발이 걸릴 위기가 찾아왔다. "밑에 조심하셔야 돼요!"라고 말을 내뱉는 동시에 시아버지의 발이 턱에 걸리고 말았다. 순간 아차 싶었지만 옆에서 내가 꽉 잡고 있었고 크게 소리쳐서 별다른 일은 일어나지 않았다. 그저 다행이라고 생각하고 있는데 갑자기 "그런 건 미리 말을 하란 말이야!!!"라는 짜증 가득한 목소리가 귀를 때렸다.

너무 놀라 무조건반사처럼 시아버지를 쳐다봤다. 그때 내 감정이 표정에 다 드러나 있었을 것이다. 나는 표정을 숨기는 일에 능하지 못해서 욱하는 감정, 서러운 감정 등 여러 감정이 섞인 표정을 지었을 게 분명하다. 내 눈치를 보고 시아버지가 "잘 안 보이니까……"라며 궁색한 변명이라도 하듯 낮게 읊조리셨다.

생각해 보니 조금 의아했다. 바로 앞에 있는 보도블록 턱도 잘 안 보이는 시아버지가 어떻게 내 표정을 그렇게도 자세히 볼 수 있었는지 말이다. 그저 분위기로 느끼셨던 걸까. 그 후로 시아버지는 눈은 잘 안 보이지만 손톱을 혼자 자르기도 하셨고 약 10미터 거리에 있는 우리 엄마와 나를 구별하고 사

돈이 집에서 손자를 봐줄 때면 황급히 몸을 돌려 방으로 들어가시곤 했다. 한 치 앞이 보이지 않는다며 매일 같이 눈물을 흘리시던 시아버지였건만, 참 알 수 없는 일이었다.

이걸로 트라우마가 끝이었다면 그나마 아름다운 마무리였겠지만 트라우마는 쉽게 끝나지 않았다. 누군가에겐 아무런 의미 없는 물건이 또 다른 누군가에겐 트라우마의 서사가 담긴 물건일 수도 있다. 2020년을 기점으로 내겐 '종'이 그랬다. 시작은 남편의 작은 아이디어였다.

남편에겐 아주 빨리 깊은 잠에 드는 특출난 능력이 있다. 처음에 그런 남편을 보고 장난치는 거라 생각했을 정도다. 베개에 머리를 대자마자 잠에 빠져 코를 고는 그의 능력은 타의 추종을 불허하는 반면 나는 정반대다. 일단 기질상 예민한 편이고 스트레스가 있거나 환경이 바뀌면 그 영향을 쉽게 받는다.

집에서 종일 환자와 함께 한다는 건 단순히 끼니마다 밥을 챙기는 것만을 의미하지 않는다. 시아버지가 화장실이 따로 있는 안방을 쓰고 계시고 안방 문을 닫으면 공간이 분리되긴 하지만 나는 늘 문 너머 들리는 소리에 귀를 쫑긋 세워야 했다.

안방에서 바스락거리는 소리만 들려도 후다닥 달려가기 바빴다. 남편은 본인에게는 들리지 않는 소리가 어떻게 그렇게 잘 들리냐며 신기해했다. 한 번은 대체 저 작은 소리가 어떻게 들리느냐는 진심 어린 물음에 기가 막히고 화도 나서 남편 머리를 한 대 쥐어박은 적도 있다. 나는 항상 살얼음판에 서 있는 기분이었다.

어느 날, 남편이 다 있다는 그곳에서 띵— 소리가 나는 차임벨을 사왔다. 유명한 게임 할리갈리에서 쓰는 바로 그 종이다. 아버지가 안방에 계시면 목소리가 잘 안 들리고 들리게끔 소리 내는 것도 기운 빠지는 일인데다, 본인은 아무리 촉을 세워도 예민한 나를 따라갈 수 없다며 남편 나름대로 고안한 방법이었다. 소리를 듣는 대로 나를 대신하겠다고 야심차게 말했다.

아프거나 필요한 게 있으시면 이 종을 누르면 된다고 그러면 바로 오겠다고 시아버지께 말씀드렸더니 그런 우리를 기특하게 보셨다. 그러나 충수염 수술 후 그 종은 '내 전용 호출벨'이 되었다. 이 글을 쓰면서 처음 털어놓지만, 수술 이후 시아버지는 다른 사람이 있을 때와 나와 단둘만 있을 때의 행동

이 다르셨다.

발끝에 무언가 걸려서 버럭 짜증이 올라올 때면 덩달아 내 잘못이라는 타박이 이어졌다. 자식들에게 전화가 안 오는 것도 그래서 아픈 본인에게 무관심하다고 느껴져 치미는 설움과 짜증도 모두 내 몫이었다. 그 표현 방법 중 하나가 바로 하루에도 수십 번씩 울리는 종소리였다. 처음 몇 번은 정말 무슨 큰 일이 생긴 줄 알고 후다닥 달려갔지만 어느 순간부터는 솔직히 못 들은 척 할까 고민도 했다. 너무 지쳐서 소리를 듣고 몸을 일으키는데 십 초가 넘게 걸리곤 했다.

하지만 상상과는 다르게 나는 그 종소리를 단 한 번도 무시하지 못했다. 늘 몸을 일으켜 세워 소리가 나는 쪽을 향해 달려갔다. 당시 내가 할 수 있는 최선이었고 그렇게 최선을 다한 나는 아마도 평생 할리갈리는 하지 못할 것이다. 절대 하고 싶지 않다. 요즘도 나는 어딘가에서 띵— 하고 맑은 종소리가 울릴 때면 저 깊숙이 던져놓았던 트라우마가 갑자기 튀어 나오듯 머리카락이 곤두선 느낌을 받는다. 지하 주차장이야 서울 시내 도처에 있으니 자의로든 타의로든 금세 다른 기억으로 덮일지도 모르지만 종소리만큼은 잊기 힘들 것 같다.

눈에 보이고 귀에 들리는 것 외에 사실 시아버지와 함께 지내면서 나를 가장 힘들게 한 건 냄새였다. 나이가 들면 사람에게선 자연스레 냄새가 난다고 한다. 그래서 더 자주 씻어야 한다는 말을 어디선가 들었다.

예전에 외할아버지가 집에서 투병하실 때, 외할머니는 자식들에게 좋지 않은 냄새가 날까 싶어 시간마다 방향제가 나오는 자동 분사형 방향제를 집 안에 두었다는 말을 들은 적이 있다. 벌써 15년 전, 지금은 돌아가신 외할머니가 디퓨저를 몰랐던 때 당신이 할 수 있었던 가장 최선의 방법이었다. 그 방향제를 생각하면 난 가끔 눈물이 날 것만 같다. 누워있는 남편과 자신의 나이 듦을 알고 안 좋은 냄새를 조금이라도 감추기 위해 최선을 다했던 그녀의 노력이 존경스러우면서 배우고 싶었다.

그러나 모든 노인들이 비슷할 순 없듯이 나의 시아버지는 달랐다. 우리 집에 계시던 때가 겨울이기도 했고 배꼽 쪽으로 튀어나온 암세포 때문에 씻는 것이 불편했던 시아버지는 잘 씻지 못하셨고 또 씻으려 하지 않으셨다. 추위를 많이 타셔서 늘 두꺼운 이불 안에 계시려고만 했다. 나는 힘들었다. 특히

식사 후 상을 내어 갈 때면 음식 냄새를 비롯해 꿉꿉한 온갖 냄새가 방 안을 가득 채우고 있었다. 환기를 위해 창문을 열어 놓으려고 하면 차가운 바람이 싫다고 창문을 열지 말라고 하시거나 아주 잠깐 여는 것만을 허락하셨다. 날이 갈수록 추위를 많이 타셨고 공기 청정기에서 나오는 바람도 춥다며 끄기 바쁘셨다.

그렇다고 집이 추운 것은 절대 아니었다. 그 겨울 3~4개월 간의 가스비는 몇 년간 우리 집 가스비와 비교해도 최고액을 경신했다. 아마도 병이 점차 진행되면서 신체 기능이 떨어져 가니 계속 추워하셨던 것 같다. 평소 열이 많아 한겨울에도 창문을 열어 몇 번씩 사람을 식겁하게 만드는 남편에게는 가장 힘든 겨울이었다. 마치 더위에 지쳐 그늘을 찾아다니는 뚱뚱한 고양이처럼 남편은 시원한 곳을 찾아 집안 이리저리를 헤매고 다녔다.

난 정말이지 돌아버릴 것 같았다. 냄새 나는 방 전체를 락스에 담그는 상상을 했다. 디퓨저를 아무리 가져다놔도 없앨 수 없는 냄새와 이불 밑으로 쌓여가는 휴지들은 남편이 집에 있는 날이나 시아버지가 산책을 하는 잠깐 사이 해결해야 했

다. 내가 직접적으로 말하기 어려우니 남편에게 시아버지가 씻으실 수 있게끔 얘기 좀 해보라고 말해도 남편은 나만큼 크게 신경 쓰지 않았다. 아버지 나이면 씻는 게 싫기 마련이라고, 거기다 배꼽 부근에 매일 소독을 하다 보니 씻으려면 소독 부위에 방수 밴드를 붙이는 일부터 해야 할 일이 한두 가지가 아니니 더 그럴 거라고 말했다.

남편의 너그러움이 하늘을 찔렀다. 만약 나였더라면, 나는 아빠에게 온갖 싫은 소리를 내뱉고 짜증을 부려서라도 결국은 씻게끔 만들었을 텐데. 시아버지는 자신의 마음을 다 헤아리는 남편에게 많이 의지하셨다. 가끔은 남편이 버거워할 정도로. 그로 인한 스트레스가 적정 수위를 넘어 나에게 돌아올 때면 나는 내 스트레스와 남편의 스트레스까지 이중고를 겪어야만 했다.

어른이 되면 다를 줄 알았는데, 어릴 때나 어른이 되어서나 막상 가출을 하려 마음먹고 갈 곳을 찾아보면 갈 곳은 마땅치 않다. 고통스러웠지만 나는 그곳에 있어야 했다.

$\Diamond$ 8

한강의 주역
vs
현대판 시시포스

죽을 날이 가까워져서야 알게 된 죽음 앞에서
그걸 어른스럽게 받아들이기를 바라는 것은
어쩌면 잔인한 일이 될 수도 있겠다는 생각이 들었다.

◇

나의 성실함은 독이 됐다. 시아버지가 시키는 대로, 아니 그걸 넘어서 너무 충실히 정리를 이행한 나머지 격변과 고통의 시간을 겪어야만 했다. 오해만이 쌓인 '새 가방 사건' 이후 시아버지는 본인 것에 집착을 보였고 정리해 달라던 그 말은 휴지 조각처럼 산산조각 나 사라졌다. 그때부터 시아버지의 모든 물건은 제자리를 잃은 채 베개와 이불 밑으로 섞여 들어가기 시작했다. 나로선 억울하지만, 나에 대한 믿음이 깨진 시아버지라면 그럴 법하다는 생각도 들었다.

한편으론 궁금했다. 시아버지는 몇 년 전부터 본인이 살날이 얼마 남지 않은 것 같다 하시며 유언장도 업데이트해 두고 계셨다. 그런데도 정작 마지막 순간이 다가올수록 무엇 하나 정리하지 못하고 왜 모든 것을 다시 끌어안기 시작하신 걸까.

당장 눈앞에 죽음이 다가온다면 나는 어떻게 해야 할까 생각해 본 적이 있다. 그때 뼈가 저리도록 깨달은 사실은 '당장 죽으면 안 된다'라는 것이었다. 나는 내 이름으로 된 채무가 있는 '채무자'였고 그 빚을 제대로 갚지 않고 삼도천 건너는 배에 몸을 실었다간 남은 이들에게 내가 존재했었다는 사실 자체만으로 민폐가 될 게 뻔했다.

빠른 86년생 소띠인 나는 성인이 되어 학자금 대출을 받는 것을 기점으로 채무자 인생에 발을 들였다. 매달 입출금 내역에는 대출 상환금이 빠지지 않았고, 첫 월급에서 저축할 수 있는 돈은 없었다. 오히려 늘 20~30만 원씩 부족한 액수에 턱 끝까지 숨이 차오르는 하루하루를 살아내야 했다.

그렇게 아무리 노력해도 안 되는 것이 많은 이 세상은 내 노력이 부족한 탓이라 생각하게끔 분위기를 연출했고 한동안 나는 모든 것이 내 탓이라 자책했다. 안 그래도 힘든 삶에 더

욱 무게를 더해가며 살았다. 내가 그놈의 '노-오-력'이라는 강박에서 벗어나는 데는 20대 대부분의 시간이 필요했고 내 의도와 달리 낭비하게 된 시간에게 미안해서 나는 더 열심히 살고자 노력했다. 마치 현대에 다시 태어난 '시시포스'와도 같았다. 그리스 신화의 시시포스가 신들을 기만한 죄로 벌을 받았다면 나는 그저 이 어려움을 이겨 내면 좋은 일이 있을 거라는 믿음을 미덕으로 알고 살아온 역사 속에서 관습적인 노력을 반복하고 있었다. 어떻게 해도 노력의 굴레에서 벗어날 수 없는 운명처럼.

39년생인 시아버지가 살아온 세상은 달랐다. 그가 태어난 해에 2차 세계대전이 발발했다. 그가 6살이었던 1945년에는 해방이 되었고 11살이었던 1950년에는 6·25전쟁이 일어났다. 대한민국 현대사의 찬란한 시기에 유·소년기를 보낸 시아버지가 성인이 되고 가정을 꾸리며 돈을 벌기 시작한 곳은 한 특수강 회사였다. 그곳에서 30년 가까이 일하며 4남매의 대학 등록금까지 책임지셨다.

1930년대 후반~1940년대 초반에 태어난 시아버지의 동년배들은 엄청난 생존력을 몸소 터득했다. 그들은 아마도 최

소 6남매 중 한 명으로 태어나 겨울엔 추위와 맞서고 여름엔 더위와 맞서 일하며 내 자식만큼은 이렇게 키우지 않으리라 다짐했을 것이다. 전쟁이라는 극심한 혼란기를 겪고 고속도로를 만들어 낸 장본인이자 '한강의 주역'인 그들에겐 애초부터 일하는 시간은 주 52시간이 아니라 168시간이었으며 회사에서 다치면 그저 재수가 없었을 뿐 다치게 된 환경을 조성한 누군가는 없었다. 돈을 주는 감사한 이가 있었을 뿐.

시대를 관통하는 돈. 각자 나름대로 성실히 살아온 시아버지와 며느리 모두 죽음의 문턱에서 처음 발끝에 걸리고 마는 돌부리가 바로 '돈'이었다. 어렵게 찾은 최초의 공통점이었으나 그 근본은 첨예하게 달랐으니, '돈'이야말로 50여 년의 나이 차를 실감케 하는 진정한 세대 차이의 증거가 아닐까.

시아버지와 함께 지낸 시간을 통해 내가 생각하던 죽음과 현실에서 벌어지는 죽음에는 괴리가 있음을 체감했다. 그리고 먼저 세상을 떠난, 지인이라기엔 가깝고 친구라기엔 조금 멀었던 (그래도 지금은 친구라 부르고 싶은) 이의 죽음이 겹쳐졌다.

2018년 4월 29일은 이틀 전 판문점에서 이루어진 역사적인 순간에 관한 이야기로 세상이 떠들썩한 날이었다. 그리고

내가 친구의 부고 소식을 들은 날이기도 했다. 나와 같은 빠른 86년생. 182센티미터 키의 건장했던 그 친구는 배우를 꿈꾸는 유쾌하고 멋진 사람이었다. 세상을 떠나던 날 아침까지도 평소와 다름없었다고 했다. 하지만, 평범한 하루가 될 줄 알았던 그날이 그의 생의 마지막 날이 되었다. 사인은 심정지였다.

친구의 부고 소식을 들은 그즈음 나는 다니고 있던 회사의 상사에게 꽤나 치졸한 괴롭힘을 당하던 때였다. 마음이 약한 시기에 들었던 소식이어서 그랬는지 아니면 심정지라는 익숙하면서도 어딘가 낯선 단어가 나와 동갑인 친구의 사인이어서 그랬는지, 정말 상투적인 표현이지만 믿기지 않았다. 그렇다고 그때까지 나와 비슷한 연령의 누군가가 유명을 달리 했다는 소식을 한 번도 듣지 못한 것도 아니었는데 당시 받은 충격의 느낌은 조금 달랐다.

무엇보다 내 결혼식에 그 친구가 와줬었는데 나는 그 친구의 장례식에 자리하는 것이 슬펐다. 그와 꽤 가까운 사이처럼 보이던 남자 어른이 영정 사진 앞에서 우는 소리에 나도 따라 눈물을 흘렸다. 지난날을 아무리 돌이켜봐도 그렇게 서럽게 우는 남자 어른의 울음소리는 처음이었다. 그 소리가 너무 슬

퍼서 아직도 난 그때를 생각하면 울컥한다.

유쾌한 에너지로 가득했던 그 친구가 연극 무대에 올라 공연하는 모습을 보고 무대 위에서 빛난다는 표현이 이런 거구나 실감했었다. 공연이 끝나고 괜히 그에게 "너는 비주얼 대신 연기력으로 승부해야 한다"라고 농담을 건넸지만 마음속으로는 언젠가 그가 많은 사람들 앞에서 더욱 밝게 빛날 것이라 생각했었다. 그러나 어두운 조명 아래 밝게 빛나던 그는 깜깜한 하늘을 밝히는 조명이 되었고 180센티미터가 넘는 키가 무색하게 20센티미터 남짓한 유골함에 담겼다.

누군가의 죽음을 나는 몇 번이나 겪게 될까. 익숙해질 때가 과연 오긴 올까. 시아버지와 함께 지내기 전에는 막연히 시아버지 연배 정도 되면 지난 세월 동안 쌓인 경험을 바탕으로 의연하게 죽음을 받아들이실 수 있을 거라 생각했다. 나보다 친구를 떠나보낸 경험도 훨씬 많고 또 배우자마저 먼저 보낸 시아버지라면 다가오는 죽음을 보다 수월하게 맞이할 수 있겠다 싶었다. 하지만 그건 나의 대단한 착각이었다.

죽음이 다가올수록 점점 자기연민과 신세한탄으로 눈물 짓는 시간이 늘어나는 시아버지를 보며 얼마 남지 않은 시간

을 눈물로 채워가는 그가 답답한 적도 있었다. 그동안 많은 지인의 죽음을 지켜봤을 텐데 그때마다 시아버지는 자신에게 일어나지 않을 남의 일이라고만 생각하셨던 건지, 82세는 아직 한창인 나이라 죽음을 맞이하기에는 아깝다고 생각하셨던 건지 안타까운 시간은 계속해서 흘러가고 있었다.

드라마나 영화에 등장하는 많은 노인은 이미 겪을 거 다 겪은 멋진 어른이었다. 멋있고 세상 뒤끝 없어 보이기까지 했다. 그래서 그랬는지 몰라도 나는 시아버지 역시 그럴 거라고 기대 아닌 기대를 했던 모양이다. 어쩌면 나는 나만의 틀 안에서 이상적인 어른에 시아버지를 끼워 맞춘 걸 수도 있다. 그러다 보니 주파수가 맞지 않아 함께하는 동안 지지직거리는 소음을 견디기 힘들었던 건지도 모른다. 자신이 생각하기에 멋진 어른을 닮기 위해 노력하는 것은 좋지만 주변 어른에게 그런 모습을 강요한다면 우리가 기성세대에게 이상적인 청년의 모습을 강요받는 것과 다르지 않을 거라는 생각이 들었다.

삶과 죽음에 대해 고민할 여유도 없이 당장 하루하루를 열심히 살아온 게 죄라면 죄일까. 죽을 날이 가까워져서야 알게 된 죽음 앞에서 그걸 어른스럽게 받아들이기를 바라는 것은

어쩌면 잔인한 일이 될 수도 있겠다는 생각이 들었다.

　많은 사람이 자신과 상대방의 차이를 나이와 성별 같은 두드러진 특징에서 찾으려고 한다. 그러나 한 사람이 개별적인 존재로서 차곡차곡 쌓아온 시간이 만든 삶은, 그 삶의 끝인 죽음을 받아들이는 태도도 다를 수밖에 없음을 말해준다. 죽음 앞에서 일반적이고 당연한 것은 아무것도 없다. 각자가 다른 이유는 단순히 한 가지 이유 때문만은 아닐 것이다.

　청년이고 노인이고를 떠나서 죽음을 의연히 받아들이는 사람이 있다면, 그렇지 못한 사람이 있을 수도 있다는 것을 나 역시 뒤늦게야 깨달았다.

9

스위트홈 말고
스위트룸

◆

한 사람의 인생에서 기어코 찾아오고야 마는 죽음.
가족의 죽음, 친구의 죽음, 나의 죽음 앞에서도
죽음을 대하는 세대 차이가 존재한다.

◇

친정은 일 년에 한 번 고난의 일요일이 있는데 바로 벌초하는 날이다. 예수가 부활했다는 일요일에 내 동생은 선산에 팔려 가는 소처럼 마지못해 끌려간다. 그러려니 하고 갈 법도 한데 어김없이 온갖 짜증을 내며 오리새끼마냥 입을 잔뜩 내미는 동생을 보면 참 어지간하다 싶다. 한편으론 그 마음도 알 것 같아서 가끔은 차라리 내가 저 녀석의 형이었으면 싶을 때도 있다.

결혼 전에 나는 생활고에 지치고 삶이 바빠 벌초에 가지

못했고 결혼 후에는 돌봐야 할 자식이 있어 자연스레 열외 되었다. 하지만 각 집안의 남자는 반드시 참석해야 하고 빠지면 벌금도 세다. 알다시피 벌초는 생각보다 꽤 위험한 작업인데 벌을 포함해 그 유명한 쓰쓰가무시병의 원인이 되는 진드기까지 온갖 미물들의 공격을 피해야 하고 날이 아무리 더워도 풀독을 예방하려면 긴팔을 입어야 한다.

요즘은 벌초 대행 서비스도 많이들 한다는데 우리 집안은 굳이 다함께 모여 땡볕에 벌초를 하러 간다. 그렇게 하면 누워 계신 분이 어깨춤이라도 추는 모양이다. 이름에 구＊자 돌림을 쓰는 매력적인 꼰대 구 라인이 정정하게 낫을 들고 진두지휘하는 한, 집안의 벌초 행사는 당분간 지속될 전망이다.

한 번은 동생과 벌초 얘기를 하다가 벌초하러 가면 10촌을 만난다는 이야기가 나왔다. "밖에서 10촌을 만나면 알아볼 수나 있겠냐? 그게 남이지" 하며 우리는 한참을 킥킥거렸다. 얼마 뒤 아빠에게 "10촌이면 남이지"라고 말했더니, 아빠는 진심으로 왜 남이냐는 표정을 지었다. 10촌이면 아빠 8촌의 아들이라면서. 오, 아버지. 그렇게 따지면 전 국민의 절반은 우리의 친인척인 것을…….

잘 모르는 10촌까지 함께 모여 벌초를 하는 막노동 효도는 깨알 같은 에피소드를 생산할 뿐이다. 돌아가시는 분이 생길 때면 묏자리를 정하느라 이래저래 엉켜있는 선산의 구역 협상 과정까지 본의 아니게 알고 자란 나로서는 무령왕릉이 아닌 이상에야 이게 다 무슨 소용인가 싶었다. 그러나 시아버지는 좋은 묏자리를 찾아 대궐에서 볼 법한 비석과 넓은 상돌로 둘러싸인 곳에 자리를 잡고 누워야 제대로 생의 마침표를 찍는다고 생각하셨던 것 같다.

시아버지는 시어머니가 돌아가실 때쯤 가족 봉안묘를 계약하셨다. 몇백만 원이 훌쩍 넘는 봉안묘는 2위 1실로 총 8위의 유골함이 들어갈 수 있다고 했다. 쉽게 말하면 2인 1실 형태로 총 여덟 명이 입주 가능하다는 이야기다. 정말 애정이 넘치는 스위트홈이 아닐 수 없다. 그 얘길 들었을 때 내가 남편에게 건넨 첫마디는 "나도 거기 들어가야 한다고?"였다.

내가 죽고 나서 쉴 곳인데 결정권이 왜 나에게 없는지 의아했다. 게다가 나의 사후를 함께하는 여덟 명의 룸메이트는 누구라는 말인가. 시누이 내외도 포함되는 거라면 한 세트가 부족한데, 가는 데는 순서가 없으니 나이 포함 모든 기준을 배

제하고 사망 순서 기준으로 정해야 하는 걸까. 미리 가위 바위 보라도 해서 자기가 들어가고 싶은 자리를 찜해두기라도 해야 한다는 걸까.

하지만 이미 일은 벌어진 뒤였다. 한마디를 더 보태면 싸움 거리밖에 되지 않을 게 분명했기에 나는 입을 다물었다. 시아버지는 본인이 원하는 대로 하셨는데도 시어머니를 뵈러 갈 때마다 주변 봉안묘와 비교하며 다른 봉안묘보다 더 큰 곳을 마련하지 못한 것을 늘 안타까워하셨다. 나는 그때 고인돌이라도 직접 만들거나 하다못해 돌탑이라도 쌓는 효심을 보였어야 했는데……. 시집살이는 벙어리 3년 귀머거리 3년 장님 3년이랬던가. 들리는 말을 애써 못 들은 척 했다.

사실 나는 시아버지가 돌아가시기 두세 달 전부터 먼저 돌아가신 시어머니의 개별 공간을 만들어 드리겠다고 남편에게 이야기했었다. 가부장적이고 엄한 남편과 자식들 사이를 중재하며 가정의 평화를 지키시다 겨우 편해지시려는 즈음 갑자기 돌아가신 시어머니가 늘 마음에 걸렸다. 사후에는 정말 아무것도 신경 쓰지 않고 오로지 본인만 생각하며 편히 쉬시길 바라는 마음이 컸다.

남편도 동의했다. 나는 이것이 처음이자 마지막으로 발휘하는 며느리의 힘이라고 생각하며 시아버지의 유골함을 모실 때 2인 1실 체제를 1인 1실로 바꿨다. 이런 경우가 드물었는지 추모 공원 관계자는 의아해하며 물었다. "신식으로? 각방 쓰듯이?" 재차 묻는 관계자에게 그렇다고 몇 번이나 대답한 뒤에야 통화가 끝났다. 질문에 답하면서 봉안묘의 규칙은 어디서부터 누구로부터 시작된 건지 궁금했다. 부부는 죽어서도 옆자리에 항상 같이 있어야 한다는 고정관념은 언제쯤 사라질까.

　　결론은 1인 1실로 하길 잘했다는 생각이 들었다. 유골함 두 개가 들어가면 딱 맞아 떨어지는 좁디좁은 공간을 보니 나머지 공간에 예약이 꽉 차 있는 것도 아닌데 굳이 한 곳에 각 맞춰 욱여넣을 필요가 있나 싶었던 것이다. 의도야 어찌됐든 1인 1실 체제의 실시는 성공적이었다. 역시 스위트홈보다는 스위트룸이 더 나았다. 시어머니가 돌아가실 땐 경황이 없어 준비하지 못했던 추모 용품까지 챙겨 넣어드릴 수 있었다. 그렇게 시어머니 유골함 옆에는 조화로 만들어진 다육이 화분이, 시아버지 유골함 옆에는 미니어처 돈을 넣어드리고 봉안

묘의 뚜껑은 봉인되었다.

상전벽해桑田碧海라는 말처럼 지난 반세기 동안 세상은 개벽에 가까운 변화를 했건만 아직도 어르신들에게 죽음은 잔디와 비석으로 둘러싸여 그럴싸하게 포장된 봉분이라는 불변의 이미지가 있는 것 같다. 이런저런 복잡함을 먼저 알아버린 버르장머리 없는 며느리를 두고 떠나신 시아버지는 그곳에서 얼마나 통곡하고 계실까.

시아버지와 나는 참 달랐다. 종종 시아버지와 말을 주고받을 때면 도대체 말이 통하지 않는 모 국회의원과 대화하는 것 같다고 농담 반 진담 반으로 이야기한 적이 있다. 나는 심각하고 어려운 주제일수록 유머와 위트가 있어야 한다고 생각한다. 이런 대화법은 어느 정도 수용이 가능해야 호불호를 판단할 수 있지 크나큰 장벽이 존재하는 경우라면 대화 자체가 불가능하다.

나는 유머의 힘을 믿는 편이다. 6~7년 사이 우리 엄마에겐 녹내장이라는 병이 찾아왔다. 비교적 젊은 나이에 발병해 얼마 전 재수술을 해야 했을 정도로 유독 우리에게 심술궂은 녹내장은 완치가 어려워 병의 진행 속도를 늦추는 것만이 최선

의 치료법이다. 그렇다 해도 심각하고 우울한 표정으로 하루 하루를 보내는 건 너무 시간이 아깝다는 것이 나의 지론이다.

처음 엄마 눈의 시신경이 많이 죽어 오른쪽 눈으로는 거의 보지 못한다는 소식을 들었을 때, 나도 분명 속상하고 힘들고 우울했다. 하지만 그런 기운은 금세 털어 버리고 첫 번째 수술 전에 나는 엄마에게 녹내장 수술 영상 링크를 보내줬다. 피가 나오는 영화나 드라마도 보지 못하는 엄마에게 말이다(나는 이런 엄마의 순수함을 너무나 사랑할 뿐이고).

아직 재생되지 않은 영상의 대표 화면만으로도 엄마에겐 악 소리를 자아내기에 충분한 비주얼이었다. 엄마는 나를 보며 징글징글하다는 말과 함께 도망가기 바빴다. 나는 엄마에게 수술 전날까지 몇 번이나 눈에 맞을 주사를 조심하라고 장난스럽게 이야기했고, 엄마는 인상을 찌푸리며 하지 말라고 응수했다. 내가 턱이 찢어졌을 때도 그랬다. 마침 외국 여행 중이던 남동생은 나중에야 내 소식을 듣고 안부 문자를 보냈고 나는 봉합 전 찍은 상처 사진을 전송해 주었다. 답으로 온 '으'라는 한 글자를 보고 난 턱을 붙잡고 낄낄거렸다.

시아버지가 췌장암이라는 이야기를 들었을 때도 마찬가

지였다. 나도 믿기지 않았지만 상심한 남편을 위해 뭐라도 해야겠다 싶었다. 그렇다고 어설픈 위로를 하기는 싫었고 내 식대로 위로하기로 결심했다. 그리고 건넨 말은 "근데 췌장암 특별한 사람한테만 생기는 거야. 스티브 잡스도 췌장암이었어!"였다. 내 말을 들은 남편은 "아무나 걸리는 게 아니네"라며 웃었다.

나의 이런 말들을 가볍다, 장난도 정도껏이라고 정색하며 비난하는 사람도 있고 같이 농담을 주고받는 사람도 있지만 시아버지의 상식상 범주에는 아예 존재하지 않았으니 대화가 불가능했다. 시아버지는 매일 전화로 안부를 묻고 애교를 부리는, 어른들에게 예쁨 받을 만한 며느리를 바랐다. 안타깝게도 나는 전혀 그런 스타일이 아니다.

애초부터 다른 성격도 한몫했지만 시아버지와 나 사이에는 무려 50년에 가까운 나이 차가 존재했다. 세대 차이가 없다면 오히려 이상한 정도다. 머리로는 이해한다고 해도 50년이 만들어 낸 간극은 쉽게 좁히기 어려웠고 함께하며 자주 부딪혔다. 여느 시아버지와 며느리처럼 우리 역시 가까우면서도 멀고 그렇다고 아주 멀다기엔 또 가까운 사이였다.

'세대'라는 단어의 사전적 정의는 '같은 시대에 살면서 공통의 의식을 가지는 비슷한 연령층의 사람 전체'라고 한다. 한 사람의 인생에서 기어코 찾아오고야 마는 죽음. 가족의 죽음, 친구의 죽음, 나의 죽음 앞에서도 죽음을 대하는 세대 차이가 존재한다. 그 당연한 사실을 조금이라도 미리 생각해 본다면 서로 간의 간극을 줄일 수 있을까.

시아버지와 함께 지내면서 나름대로 내 마음을 표현하기 위해 자주 했던 선물이 있다. 바로 '꽃다발'이다. 꽃 선물에 대한 반응은 극과 극이지만 다행히 시아버지는 꽃다발을 건네면 너무나 기쁘고 행복한 꽃 같은 미소로 받아주셨다. 꽃을 건네고 받는 그 순간만큼은 우리 사이 간극이 좁혀졌던 게 아닐까. 시아버지를 위해 꽃을 사던 내 마음만큼은 진심이었다.

그 꽃이 여러 면에서 부족했던 어린 며느리의 서툰 위로라는 걸, 당신의 지친 마음에 조금이나마 위안이 되길 바랐다는 걸 하늘에서나마 알아주기를.

10

마지막은
팬티

견디기 힘든 어려운 일이 생길 때마다
나는 '1년만 더'라는 주문을 되새긴다.
15년이 지난 지금까지도
그 주문은 꽤 효과적으로 쓰이고 있다.

◇

죽음은 10촌 넘는 먼 친척이 아니다. 30대 초반인 내 친구에게도 갑작스럽게 일어났듯이 삶을 사는 모두의 곁에 함께하고 있다. 단 한 시간 후도 예측하지 못하는 인간이라는 존재는 죽음이 언제나 일어날 수 있다는 사실을 쉽게 간과한 채 살아가는 것 같다. 그렇게 사는 것이 진짜 삶인 듯 하루하루가 익숙해지고 어느 순간 당연해진다면, 죽음의 의미는 2년 가까이 계속되는 코로나19의 광풍 속에서 남겨진 사망자 숫자로만 기억될지도 모를 일이다. 숫자에 매몰된 죽음은 죽음에서

비롯될 최선의 삶에 대한 논의를 무의미하게 만들기에 충분하다.

죽음은 단절이고, 말 그대로 끝이라고 생각했기에 인간은 본능적으로 죽음을 두려워했다. 그런 인간이 죽음에 대한 공포와 두려움을 떨쳐내기 위해 시도했던 것은 무속 신앙을 비롯한 여러 종교적인 신념을 바탕으로 사후 세계에 대한 시각을 가지는 것이었다.[*]

최근 몇 년간 사후 세계를 주제로 큰 인기를 끌었던 여러 작품이 있다. 웹툰 원작 영화 〈신과 함께〉 드라마 〈도깨비〉, 〈호텔 델루나〉는 모두 불멸의 생을 형벌로 이어가고 있는 주인공들이 등장한다. 그들의 정체성은 저승사자나 도깨비 등 다양한데, 인간 시절 지은 죄의 대가로 받은 벌은 '죽음이 없는 삶'이다. 죽음이 무서운 게 아니라 700년 넘게 생을 영위하는, 즉 죽지 못하는 것이 무섭다는 의미다.

이제는 드라마에서조차 죽음을 두려워하는 인간에게 오히려 죽음이 없는 삶이 단죄를 받는 것이며 더 이상 죽음이 공

---

[*] 이창준 작가, 페이스북 게시글 재인용, 2021.2.10.

포의 대상이 아니라 인간만이 누릴 수 있는 축복이라 말하고 있다. 불과 10년 전까지만 해도 삶과 죽음이 하나의 연장선상에 있으며 죽는 것이 불행이 아니라고 말할 수 있을 거라고 그 누가 예상이나 했을까.

이런 말을 하고 있는 나라고 해서 죽음에 관한 엄청난 통찰력으로 그 본질을 꿰뚫고 대단한 각오나 준비를 하고 사는 것은 아니다. 다만, 나의 삶과 죽음에 대해 여러 가지 면에서 사색해 보고 느낀 것을 언제쯤 한 번 기록해 보고 싶다는 생각을 했었다.

어느 날, 드라마 〈나의 아저씨〉를 보는데 유독 내 시선을 붙드는 장면이 있었다. 주인공 삼형제 중 막내인 박기훈(송새벽 분)이 팬티 철학을 펼치는 장면이다. "마지막은 팬티"라고 말하는데, 그의 대사를 인용하면 이렇다.

> "내가 아무리 돈이 없어도 팬티는 5만원에서 몇 백 원 빠지는 거 사 입어. 내가 오늘 죽어도 교통사고 당해 죽든 강도 당해 죽든 병원에 실려가 벗겨놔도 절대로 기죽지 않게 비싼 팬티 사 입어. 이건 되게 중요한 거야. 죽어서는 쪽 팔린 거에 대책이 없

어. (…) 수의는 다 똑같이 입는 거고 내 마지막은 팬티야. 그러니까 내 말은 내가 막 사는 것 같아도 오늘 죽어도 쪽 팔리지 않게 매일매일 비싼 팬티 입고 비장하게 산다는 거야."

이 대사를 듣고 나의 팬티는 무엇일지, 당장 죽어도 쪽 팔리지 않을 비장한 무기 혹은 오늘 죽어도 후회 없는 내 마지막 보루는 무엇일지 생각했다.

하지만 내 경험의 어느 부분까지 털어놓아야 할지, 정말 이 내용을 써도 괜찮을지 고민하느라 글로 쓰기까지는 오랜 시간이 필요했다. 나는 그때의 경험으로 인해 세 단계쯤 성장했고 지금은 그 시간에 감사한다. 그러니 부디 내 가족이 지난 일에 마음 아파하지 않았으면 좋겠다. 그 누구의 탓도 아니었으니. 나는 다시 태어나도 지금 나의 부모 밑에서 그리고 내 남동생의 형으로 태어나고 싶은 마음이다. 내가 털어놓는 이 경험이 벼랑 끝에 선 누군가에게 이름 없는 꽃 한 송이 정도의 위로가 된다면 더 바랄 게 없겠다.

나는 대학교 졸업 전에 돈을 벌어야 하는 상황이어서 취업을 서둘러야 했다. 하지만 버리지 못한 욕심이 하나 있었으니,

바로 가방끈의 길이를 늘이는 것이었다. 대학원에 가고 싶었지만 모든 면에서 여유가 없었던 나는 최대한 방법을 찾으려고 이리저리 알아보고 조언을 구하러 다녔다. 그러다 모교에서 조교 생활을 하며 대학원에 다니면 어쩌면 불가능하지 않겠다는 결론을 내렸다. 가능할 수도 있겠다는 일말의 희망이었다.

고민을 거듭한 끝에 지도 교수에게 내 사정과 대학원에 가고 싶은 마음을 꺼내놓으며 혹시 조교 자리가 있을지, 조교로 일하며 대학원에 다닐 수 있을지 물어봤다. 질문 같은 부탁이었다. 마음속 밑바닥에 구겨져 있던 자존심까지 탈탈 털어서 낸 내 생애 최고의 용기였다. 대입에 실패했다고 생각했기 때문에 모교의 대학원에는 가고 싶지 않았던 것이 속물적이지만 솔직한 심정이었다. 하지만 더 공부하고 싶은 분야가 있었고 그걸 발판으로 전문가라는 이름을 얻으려면 어디든 대학원이 절실했고 거기다 돈도 벌 수 있어야 했다. 나의 학력 콤플렉스조차도 결국 돈 앞에서 무릎 꿇게 되는 처참한 현실이었다.

그러나 당시 내 상황은 사방이 벽으로 막혀있다 해도 과언

이 아니었다. 지도 교수와의 면담 며칠 뒤 그녀에게서 받은 전화로 그 벽의 공고함만을 더 깨달았다. "내가 널 위해 해줄 수 있는 건 없다"라는 말로 그녀와의 전화는 끝났다. 처음 교수로 부임해 지도 교수로 맡은 첫 학번이 우리여서, 학기가 시작하고 끝날 때마다 동기들을 모아 밥 한 끼를 같이 먹던 그녀였다. 어렸던 나는 그 호의의 적정선이 어디까지였는지 잘 가늠할 수 없었다. 한마디로 그녀가 허락한 선을 몰랐던 것이고, 나에게 특별히 큰 관심이나 호감이 없을 거라는 생각을 못한 채 들이대고 만 것이다.

본격적인 이력서를 내기 전에 처음 시도한 도전인 데다 그런 류의 거절에 익숙지 않은 나에겐 견디기 힘든 좌절로 다가왔다. 지나가는 말로 건넨 "밥 한 끼 먹자"라는 가벼운 인사말을 쉽게 진짜라 믿은 나의 잘못이었지만 생각보다 마음을 크게 다쳤다. 힘든 일들이 모두 겹쳐진 탓도 있었을 것이다. 열심히 살아가고자 내내 붙잡고 있던 삶의 끈이 끊어져 나가는 걸 느꼈다.

아이엠에프IMF 사태도 이겨낸 철옹성 같았던 아빠의 사업은 태평양 건너 미국발 서브프라임 모기지subprime mortgage 사

태의 영향으로 화려하게 마침표를 찍었고 우리 가족은 거의 모든 짐을 넘기거나 버리고 이사했다. 넓은 집을 채우고 있던 짐을 좁은 집에 그대로 가져갈 수 없는 것은 당연했다. 그 시기 동생은 군대에 있었고 나는 졸업 전까지 아르바이트를 하며 약 세 달 남은 학기를 마무리하기 위해 학교 근처 작은 고시원에 자리를 잡았다.

각자의 생존을 위해 필요한 최소의 공간만이 확보된 곳, 얇은 합판으로 구분된 방이 다닥다닥 붙어 있었다. 내 방엔 옷가지 몇 개와 전공 서적, 냉장고에 먹다 남은 생수 한 병이 전부였다. 하루하루 꾸역꾸역 살아가던 어느 날의 깊은 밤, 다른 날보다 조금 더 속상했던 그 밤에 나는 팩소주를 들고 한강 다리로 향했다.

꽤 먼 거리를 걸어가다 목이 마르면 팩소주를 마셨고 그렇게 걷고 또 걷기를 반복했다. 나중에 보니 팩소주는 어느새 비어 있었고 신발 한 짝이 사라진 상태였다. 그날 나에게 나머지 신발 한 짝 따위는 어찌되든 상관없었다. 다리 중간쯤에 도착해 난간을 붙잡은 손에 힘을 줬다.

기억나는 건 난간을 잡은 채 허리를 넘기고 손을 떼려던

찰나였다. 순간 얼굴을 스치는 바람에 눈을 감았고 바람은 점차 세게 불었다. 그리고 무언가가 내 상체, 정확히는 어깨 전체를 잡아 당겼다. 잡아당기는 그 느낌이 사람 손 같지는 않았다. 어떤 덩어리, 묵직한 힘 같은 것이 나를 잡아끌었다. 내가 기억하는 것이 실제로 일어난 일인지, 술기운으로 인한 착각인지 알 수 없지만 무언가 나를 잡아당겼던 그 느낌만은 아직도 생생하다.

나는 그 힘에 뒤로 나자빠져 바닥에 엉덩방아를 찧었다. 놀라서 주변을 두리번거렸지만 근처에는 아무도 없었다. 어둠만이 내려앉아 있었다. 심지어 깊은 새벽이라 다리 위를 지나는 차들도 없었다. 그렇게 한참을 나자빠져 있다가 이내 들이붓다시피 한 소주를 모두 게워냈다. 알 수 없는 상황에 잠시 당황했지만 무릎에 힘을 주고 일어섰다. 난간에 기대어 까만 강물을 보자니 눈물이고 콧물이고 하염없이 흐르기 시작했다. 망할…… 휴지도 없는데.

까맣게 흐르는 강물처럼 줄줄 흐르는 눈물 콧물을 손등으로 닦아가며 나는 결심했다. 딱 1년만 더 지금보다 열심히 살아보자고. 이 정도 결심이면 그 깡으로 1년만 더 살자고. 한

발은 맨발로 한 발은 신발을 신은 채로, 누구라도 나를 봤다면 깜짝 놀랄 법한 모습을 하고서 어두운 새벽을 다시 걸었다. 1년만 더 열심히 살겠다고 다짐한 오늘을 잊지 말자는 선서 아닌 선서를 되뇌며.

나의 일상에 특별한 변화는 없었다. 정확한 날짜는 나만 알고 있는 그날 이후 달라진 거라고는 꾸준히 상담을 받으며 내 상태에 대해 솔직히 털어놓을 수 있게 됐다는 정도. 그리고 기존에 하던 아르바이트 외에 일거리가 생기면 마다하지 않고 했다. 잠자는 시간을 줄여야 했어도 상관없었다. 바쁘게 1년을 지내고 나니 왠지 전보다 내가 강해진 것 같았다. 또다시 1년을 더 견딜 수 있었다. 그렇게 1년씩 지나다 보니 금세 3년, 5년의 시간이 흘렀다. 그 후로 견디기 힘든 어려운 일이 생길 때마다 나는 '1년만 더'라는 주문을 되새긴다. 15년이 지난 지금까지도 그 주문은 꽤 효과적으로 쓰이고 있다.

그러나 대가 없는 삶은 없는 법. 나는 당시 저지른 일에 따른 대가를 치러야 했다. 현재까지는 물론 앞으로도 평생 소주는 입에 대지도 못할 사람이 되었다. 소주를 한 모금이라도 마시면 다음 날 일상생활이 불가능할 정도로 구역질하기 바쁜

알코올 쓰레기가 되어버렸다. 비록 음주의 즐거움은 잃었을지라도 내 어깨를 잡아끌던 정체를 알 수 없는 그 생생한 느낌에 대해 감사해하며 여전히 살아가고 있다.

나에게 '마지막 팬티'는 '1년만 더'일지도 모르겠다. 내 개인적인 경험까지 털어놓으며 하고 싶은 이야기는 다른 것이 아니다. 대개 사람들 사이에서 죽음에 관해 이야기를 꺼낸다거나 삶과 죽음이 같은 선상에 있다는 뉘앙스를 풍기는 말을 할 경우 재수 옴 붙을 방정맞은 말은 왜 하느냐는 눈초리를 받게 된다. 하지만 그게 아니라는 걸, 오히려 삶과 죽음이라는 첨예한 경계에 서 본 사람이라면 삶의 매 순간을 소중하게 생각하고 치열하게 사는 게 가능하다는 걸 말하고 싶었을 뿐이다.

사실 이렇게 말하는 나 역시 지금 누군가 힘든지, 힘들다면 무엇 때문에 얼마나 힘든지 잘 모른다. 어느 시의 구절처럼 '내 혼자 마음 날같이 아실 이'는 꿈에나 보일까. 나를 진정으로 이해할 수 있는 존재는 없고 그래서 인간은 평생 외로울 수밖에 없는지도 모른다. 내가 한강 다리 위에 올라갔던 그날 그 순간처럼 누군가 그런 선택을 하려 한다면 말릴 수는 없다. 내겐 그럴 자격이 없으니까. 하지만 지금 당장은 모든 게 막막하

고 좌절하는 일의 연속일지라도, 불가항력적으로 죽는 날이 오기 전까지는 하루하루 살아보자 말하고 싶다. 잘 살아서 어딘가에서 우리 옷깃이라도 스쳐 만나길. 어찌 됐든 이렇게 닿은 것도 인연이니까.

과거의 나에게도, 현재의 나에게도 고달픈 일들은 끊이질 않는다. 나와 비슷한 하루하루를 살아가는 이들에게 꼭 하고픈 말이 있다.

"누군가에겐 '팬티'가 진심이고 나에겐 '1년만 더'가 진심이듯, 애써 잡고 있던 끈을 놔버리고 싶은 순간에 '나를 진심으로 살 수 있게 하는 무언가'를 떠올려 보면 좋겠다. 당장은 포기하고 싶어도 그렇게 한고비를 넘기고 나면 분명히 괜찮은 날이 온다. 내가 겪어봐서 아는데, 진짜다."

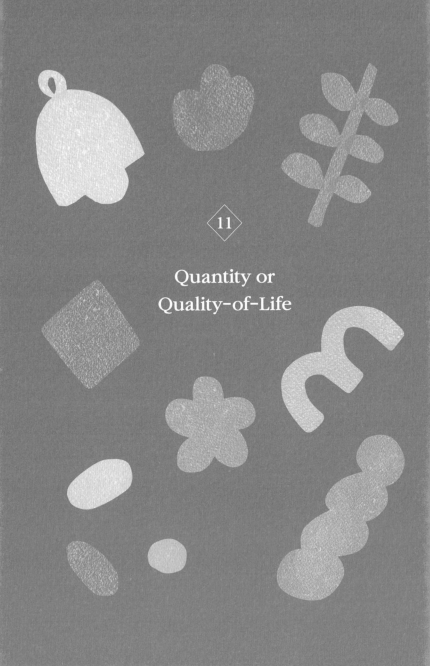

〈11〉

Quantity or
Quality-of-Life

어떤 모습으로든 숨을 쉬고 심장이 뛰고
앞을 볼 수 있고 먹을 것을 넘길 수 있다면
그래서 생을 이어갈 수 있다면
그에겐 그게 살아있는 것이었다.

◇

　시아버지의 몸 상태는 갈수록 악화되었고 그럴수록 우울함은 깊어져만 갔다. 하지만 우울함의 근본 원인은 암이 아닌 황반 변성 때문이었다. 시아버지는 자신이 암에 걸렸다는 사실보다 점점 더 시력을 잃어가는 현실을 힘들어 하셨다.

　황반 변성은 65세 이상의 고령층에서 주로 발생하는 안과 질환으로 실명을 유발하는 가장 대표적인 질병이라고 한다. 약 5년 전에 황반 변성 진단을 받은 이후 시아버지는 주기적으로 주사 치료를 받고 있었다. 다만, 여든을 넘기며 급속도로

진행된 노화와 암으로 인한 신체 능력 저하로 시력을 잃어가는 속도가 더 빨라졌다. 시아버지는 더는 방법이 없다고 하는 안과 의사의 말을 믿을 수 없다며 다른 의사도 만나보고 싶다고 하셨다.

결국 시아버지는 웬만큼 이름 있고 규모가 큰 안과 여러 곳에서 대여섯 명의 의사에게 진료를 보고 나서야 더 이상의 안과 진료를 포기하셨다. 같은 이야기로 여러 번 확인 사살을 받은 거나 다름없었다. 너무 우울해하는 시아버지를 보다 못해 한 번은 안과 의사에게 물은 적이 있다. 췌장암이라는 큰 병보다 기저 질환으로 인해 안 좋았던 시력이 더 나빠질 때 느끼는 우울함이 훨씬 클 수도 있는 거냐고. 의사의 답은 너무나 간단했다. "그럴 수도 있습니다. 눈은 삶의 질과 직접적인 관련이 있으니까요."

순간 "그런 말은 나도 해요"라고 대답할 뻔했다. 나는 난시가 심해서 당장 안경이 없으면 20센티미터 앞도 보이지 않는다. 무려 초등학교 1학년 때부터 안경을 썼고 삶의 질이 떨어지는 일들은 비일비재하게 겪었다. 나는 시아버지와 비슷한 케이스의 환자가 있는지 그분들도 이렇게까지 우울해 하

는지 궁금해서 물은 건데, 눈은 삶의 질과 관련이 있으니 그럴 수도 있다는 뻔한 대답이라니. 나중에 생각해 보니 내가 알아 듣지 못했을 뿐 그건 정말 나름의 우문현답일지도 몰랐다. 환자 또는 보호자를 빨리 내보내는 일종의 팁이었던 것이다. "진료 시간 끝났으니 나가세요"라고.

항암 치료를 포기하고 보다 높은 삶의 질을 유지하면서 죽음을 맞이하려던 시아버지는 눈이 보이지 않는다는 이유로 우울함이 극대화되는 결과를 얻었다. 항암 치료를 받지 않는 사이 서서히 자리를 넓혀간 암세포 때문에 생각지도 못한 충수염 수술에다 섬망도 겪으셨다. 우리는 무엇을 위해 항암 치료를 포기했던 걸까. 시아버지는 항암 치료를 포기함으로써 다가오는 죽음을 맞이하는 데 도움을 받으셨을까.

삶과 죽음을 머릿속에 그려보노라면 나는 먼저 돌아가신 시어머니가 떠오른다. 마지막에 그녀가 할 수 있었던 일이라곤 보고 듣고 고개를 가누는 것 정도였다. 예뻐하는 손자를 데려가면 아이가 움직이는 방향으로 고개를 돌리기 바쁘셨지만 딱 거기까지만 가능했다. 누워 지내신지 꽤 시간이 지난 어느 날, 나는 손톱을 잘라 드리려고 손톱깎이를 시어머니 손톱에

가져다 댄 적이 있다. 불안하셨는지 손가락을 움츠리시기에 괜찮다고 말씀 드리니 그제야 다시 손가락을 펴시는데, 그 작은 순간조차 반가울 지경이였다.

그런 모습을 가만히 보고 있자면 처음 시댁에 인사 갔던 날이 떠올랐다. 아마 평생 잊지 못할 장면일 것이다. 시어머니는 말그대로 버선발로 엘리베이터까지 마중 나오셔서 두 손으로 내 손을 맞잡으시며 반겨주셨다. "아이고 왔나"라는 감탄사와 함께. 시댁이 복도식 아파트가 아니어서 정말 다행이라고 생각했다.

7월 중순 장마 무렵에는 출산하고 누워 있는 나를 보러 오셔서 한겨울 이불을 목 끝까지 꼭 덮어주고 가시기도 했다. 나는 제왕절개 수술로 옴짝달싹 못 하는 상태였는데 습도가 그렇게 높았건만 산부인과에서는 사계절 공용 이불이라며 한겨울에 덮을만한 두꺼운 이불만 줬다. 더 놀라웠던 건 중앙 냉방이라 오후 6시부터 오전 9시까지 에어컨이 꺼진다는 사실이었다! 오, 조상님…… 인간적으로 매일같이 비가 오는 장마철인데 습도 조절을 위한 에어컨 가동은 산모에게 꼭 필요한 것 아닌가요? 그 상태로 이틀째를 맞이한 나에게 시어머니는 손

가락 하나도 밖으로 내밀지 말라며 이불을 꼭 덮어주셨다. 시어머니에 대한 기억은 꼭 예쁜 무지개떡 같다.

유난히도 아끼던 손자가 태어난 지 6개월 정도 되던 그해 겨울, 시어머니가 갑자기 뇌출혈로 쓰러지셨다. 그저 생의 연명을 위해 음식마저 코로 넘겨야 하는 상황을 맞이했을 때 그녀는 얼마나 당황하고 또 좌절했을까. 시어머니는 나의 모든 말을 이해했지만 자신의 몸 안에 갇혀있었다. 그 생활을 단순히 '누워있다'라는 말로 표현하기에는 부족했다.

아무리 매일 씻어도 움직이지 않는 환자에게서는 특유의 냄새가 떠나지 않는다는 걸 실제로 겪으면서, 보호자와 간병인의 편의를 위해 그녀의 머리카락이 무자비하게 잘려나가는 것을 보면서 그녀의 눈빛이 점차 탁해지는 것을 느꼈다. 어느 순간부터 시어머니의 얼굴에 '포기'라는 단어가 떠올랐다. 아직도 난 그때의 시어머니를 떠올리면 밀려오는 안타까움을 어떻게 표현해야 할지 모르겠다. 그 상태로 4년 가까이 누워계시다 결국 돌아가셨다.

예쁘게 반짝이던 한 사람이 삶의 빛을 잃어가는 과정을 지켜보며, 삶에 관해 이야기하듯 죽음에 관해서도 이야기해야

된다는 생각이 들었다. 웰빙well-being과 웰다잉well-dying이란 무엇일까. 시어머니의 마지막 모습은 한 사람의 마지막 모습이 어떤 모습이면 좋을까 생각해 보는 계기가 되었다.

내가 예전부터 두려워하던 것 중 하나는 의식이 없는 상태로 숨이 붙어있는 것이다. 그래서 수면 내시경도 받지 않는다. 지인들은 놀라며 매번 이유를 묻곤 했는데 그때마다 대답은 늘 같았다. 무의식 중에 의사에게 욕을 할까봐 그렇다고. 하지만 그건 서너 번째가 될까 말까한 이유고 가장 큰 이유는 내가 아무것도 의식하지 못 하는 사이에 내게 벌어지는 일을 알 수 없어서다. 갑작스럽게 쓰러져 본인의 의지대로는 아무것도 하지 못하시다가 세상을 떠난 시어머니의 마지막이 그래서 더 가슴이 아팠나 보다.

개인마다 견해는 다르겠지만 나는 시한부라고 해서 더 불행하고 답답한 죽음, 혹은 궁상맞은 운명이라고 생각하지 않는다. 남은 시간을 어느 정도 예상할 수 있으니 그 시간 동안 지금까지 해보지 못한 것, 해보고 싶은 것, 정리해야 할 것을 직접 할 수 있다는 점이 어떤 면에서는 다행이라는 생각도 들었다.

그러나 시아버지는 다르셨던 것 같다. 어떤 모습으로든 숨을 쉬고 심장이 뛰고 앞을 볼 수 있고 먹을 것을 넘길 수 있다면 그래서 생을 이어갈 수 있다면 그에겐 그게 살아있는 것이었다. 그런 그였기에, 몸에 암이 퍼지는 것보다 숨을 쉬고 심장이 뛰고 밥을 먹을 수 있는 자신이 앞을 보지 못한다는 사실을 더 받아들이지 못하셨던 게 아닐까. 원하시는 안과 진료까지 보고나서 포기한 시아버지가 어쩐지 전보다는 마음이 더 편해지신 듯 보였다.

시아버지에게 웰빙의 개념은 우리와 전혀 다른 차원의 것이었다. 사극에서 흔히 접하는 "목숨만 살려주시오"라는 대사나 "개똥밭에 굴러도 이승이 낫다"라는 속담은 옛 어른들에게 삶이 어떤 의미인지 알려주는 메시지이자 삶의 모토를 보여준다는 것을 다시금 깨달았다.

애초에 죽음에 대해 좋고 나쁨을 이야기할 수 있을까 싶지만 우리는 해피엔딩에 대한 환상을 가지고 있지 않은가. 항암 치료를 받지 않기로 한 것도 어쩌면 그런 기대였을지 모른다. 시아버지는 오심, 구토, 어지러움과 같은 항암 부작용이 전혀 없어서 식사에 어려움이 없었다. 어떤 면에서는 평범한 사람

의 일상과 크게 다르지 않았다고도 할 수 있다.

대신 그 선택은 빠르게 퍼져가는 암 조직들을 막지 못했고 충수염으로 이어져 큰 수술을 받은 데다 섬망까지 겪게 만들었다. 그리고 그 과정은 전혀 평범하지 않았다. 우리는 무엇을 위해 항암 치료를 포기했던 것일까. 항암 치료를 포기함으로써 시아버지는 남은 생을 이어가는 동안 삶의 질을 보장 받으셨을까.

췌장암은 둘째 치고 살 수 있는 날이 얼마 남지 않았다고 시아버지가 인정하시기까지는 5개월이 걸렸다. 내가 영화로만 본 전쟁을 직접 겪은 39년생 시아버지에게 웰빙과 웰다잉은 과연 존재하는 개념이었을까. 오히려 뒤 세대가 만들어 낸 거창한 개념으로 노인 세대에게 고상하면서도 빠른 죽음을 강요하는 것은 아닌지 난 그가 세상을 떠나고도 한참이나 뒤에 생각해 보게 되었다.

지난 30여 년간 3,000여건의 염을 하고 역대 대통령들의 장례와 법정 스님의 다비茶毘식까지 맡았던 전통장례 명장 1호 유재철 명장은 세상에 두 가지 종류의 죽음이 있다고 했다. '당하는 죽음'과 '맞이하는 죽음'이다. 후자를 위해서는 삶 속

에서 하루하루 충실히 살아가는 것, 그것이 전부라는 그의 말은 삶과 죽음이 다른 게 아니라 결국 하나라는 사실을 각인시켜준다.

글을 쓰면서 운명과도 같이 지금은 고인이 된 가수 신해철의 「그대에게」라는 노래를 우연히 들었다. 도입부부터 강렬하고 세련된 멜로디와 마음을 찌르는 가사는 30년이 넘는 시간을 무색하게 만들었다. 전혀 예상치 못한 그의 부고 소식은 많은 이들에게 슬픔과 안타까움을 자아냈다. 세상을 떠났어도 생전 그가 만든 대부분의 노래들이 명곡이라 인정받고 그가 했던 말들은 어록으로 기억되었다. 매일을 충실하게 살아온 진짜 그의 삶이 남겨진 것들로 여실히 증명된 것이다.

느닷없이 당하는 죽음이라고 생각해서 더 마음 아팠던 죽음이지만, 그는 이미 맞이하는 죽음이 무엇인지 알고 있었던 사람이었는지도 모르겠다. "내 삶이 끝나는 날까지"라는 가사는 새롭게 내 마음속에 자리 잡았다.

12

드라마가 아닌 건
아는데요

환자에게 의사의 말은 너무나도 절대적이다.
특히나 삶이 얼마 남지 않은
시한부 환자에게는 더욱.

◇

이상하게 들릴지도 모르겠지만, 대개 의사가 말하는 시간은 정확하다. 아무리 생과 사의 영역이 인간이 다스릴 수 있는 영역 밖에 존재한다 하더라도 어지간히 용하다는 무속인보다 의사는 훨씬 더 정확하게 시한부 환자의 남은 시간을 말해준다. 시아버지가 항암 치료를 받지 않기로 결정한 것도 의사의 영향이 컸듯이 환자에게 의사의 말은 너무나도 절대적이다. 특히나 삶이 얼마 남지 않은 시한부 환자에게는 더욱.

얼마 전 우연히 시한부 암 투병 환자의 기사를 접하게 되

었다. 아는 사람들은 다 알 정도로 꽤 알려진 그가 자신의 SNS 게시물에 올린 진단서 사진과 글을 보고 마음이 한 번 덜컹했고 그가 81년생이라는 것에 또 한 번 덜컹했다. 그리고 그가 의사에게 들었다는 말과 '의사들은 원래 그렇다' '의사라면 그럴 수밖에 없다'와 같은 댓글을 보며 허탈함을 느꼈다. 어떻게 각기 다른 의사에게 들은 말인데 내가 들었던 말과 같은 뉘앙스인지 그리고 왜 사람들은 시한부 환자와 그 가족의 입장을 저리도 이해하지 못하는지 그저 신기했다.

얼마 전까지 왕성하게 활동하던 81년생 젊은이가 자신이 살날이 2~3개월밖에 남지 않은 시한부라는 사실을 받아들이기 힘들다는 것을 인간적인 면에서 동감해 줄 순 없는 건가 싶었다. 왜 대다수의 사람은 상심한 환자에게 의사는 원래 그러니 의사를 이해하라고 말하는 건지 묻고 싶었다. 환자가 자신의 죽음에 대해 말하는 의사의 성격을 미리 파악이라도 하고 그의 바쁜 사정까지 알아서 배려하는 세심함까지 갖춰야 하는 걸까? 여러모로 생각이 복잡했다.

2018년 2월 연명 의료 결정법, 일명 웰다잉법이 시행되면서 호스피스와 연명 의료에 대한 관심이 커졌다. 웰다잉을 주

제로 한 기획 특집 기사에서는 의사의 '메신저' 역할이 중요하다는 내용을 다뤘다. 암 등 만성 질환을 진료하는 의사 10명 가운데 9명은 병이 '말기'라는 상황을 의사가 환자에게 직접 알려야 한다고 생각을 밝혔다. 물론 이 과정에서 의사의 스트레스도 상당하지만, 담당 의사가 환자의 정신·심리·신체·사회적 상태를 가장 잘 파악하고 있는 동시에 필요한 정보를 자세하게 전달할 수 있기 때문에 죽음 예정 통보 시 가족이 함께한 자리에서 정해진 절차에 따라 의사가 직접 알리는 것이 제일 바람직하다고 말했다.*

하지만 쉽지 않은 일이라는 것을 안다. 담당 의사가 환자를 진단한 후 병명을 이야기하기까지 검사 결과 외에 환자에 대해 파악하고 있는 것은 손에 꼽을 정도일 것이다. 흔히 말하는 큰 병원에서 환자 얼굴을 보고 본인 환자가 맞는지 알아보는 의사가 과연 몇 명이나 될까. 마치 의학은 계속 발전하고

* 민태원 기자, 2016 기획특집 〈웰다잉, 삶의 끝을 아름답게 2부_말기 암환자 42% 상황 몰라… 의사 '진실 메신저' 역할 중요〉,《국민일보》, 2016.4.25.

있지만 죽음에 대해 이야기하는 의사는 과거에 머물러 있는 것만 같다.

웰다잉을 위한 가장 큰 조력자 중 한 명이 의사라고는 하지만 지금의 현실에서 실행되기는 어려워 보인다. 내가 진료실에서 교수님들에게 제일 많이 들었던 말은 "진료실 밖에서 자세한 안내 받으세요"였다. 대부분의 의사가 싸늘하고 또 대다수의 사람이 의사는 원래 그러니 어쩔 수 없다는 것에 대해 암묵적인 동의를 하고 있는 것만 같다.

그가 SNS 게시물에 덧붙여 논란거리가 된 말은 '의사들은 왜 그리 싸늘한지'였다. 의사는 그에게 "이 병이 나을 거라고 생각하세요? 이 병은 낫는 병이 아니에요. 항암 시작하고 좋아진 적 있어요? 그냥 안 좋아지는 증상을 늦추는 것뿐입니다"라고 말했다고 한다. 응원 댓글이 2,000여개 가까이 달렸지만 게시글을 보도한 뉴스 기사의 댓글은 사뭇 달랐다. 의사를 옹호하는 분위기였다. 우리 가족이 겪었던 상황과 비슷한 부분이 떠올라 나는 환자가 안쓰러우면서 이해가 되기도 했다.

사람들이 환자의 입장과 주치의의 입장을 대변하며 각자의 의견을 말하던 그때, 자신이 의사라고 밝힌 한 누리꾼이 그

주치의를 위로하고 싶다고 쓴 글이 있었다. 환자가 거론한 문장에는 앞뒤로 수많은 문장이 생략되어 있을 것이고 환자의 상태는 죽음을 받아들이는 5단계 중 1~2단계를 지나고 있는 중이라고 했다. 지금 이 상황은 그 시기를 지나는 환자에게 흔하게 나타나는 심리적 현상임을 설명하며, 주치의는 사실만을 전달했을 뿐인데 한 선량한 의사를 싸늘한 의사라 매도한 환자에게 못내 아쉬움을 표하는 내용이었다.

　매도당한 의사를 위로하고 싶다는 글에 나는 용기를 내서 댓글을 달았다. 상처를 주고받는 의사와 환자 모두 사람이기에 그렇지 않을까 싶다고. 다만, 환자가 저 모든 얘기를 듣는 데 3분 남짓한 시간 밖에 걸리지 않는다고, 마스크 너머 들려오는 싸늘한 말투에서 상처를 받는다고 했다. 나의 댓글에 그는 두 개의 댓글과 추가 글까지 적었다. 그의 요지는 의사의 불친절은 의사 한 명당 진료해야 하는 환자 수가 다른 나라에 비해 지나치게 많고 업무 강도가 세서 친절까지 할 수 없을 만큼 지친 상태라는 거였다.

　또 환자의 진료 기록부를 보고 한 번의 검색으로 알게 되었다는 담당 주치의의 칭찬 글 링크와 그 글의 캡처까지 덧붙

였다. 결론적으로 댓글을 단 의사가 이토록 날을 세웠던 이유는 검색 한 번으로 신분이 드러나는 의사가 이 모든 화살을 맞아야 한다는 사실이 불편했던 것이다. 환자가 의사의 이름이 들어가 있는 진료 기록부 사진을 그대로 찍어 올린 것이 가장 문제가 되는, 기분이 상하는 지점이었던 것이다.

사실 사람이 마음에 상처를 받는 이유는 사람 때문이지 다른 대상이 아니다. 상처를 주고받는 것이 사람 사이에서 일어나는 일이기에 서로 조심해야 하지만 보호자로서 바라는 최소한의 기대가 있다면 이런 거다. 사실 전달이 중요하다는 건 모두 안다. 하지만 그 사실이라는 것이 자신이 얼마 안 가 죽게 될지도 모른다는, 받아들이기 너무 힘든 내용이니까 전달받는 과정에서 환자가 의사의 도움을 받을 수는 없을까 하는 것이다.

그 과정에서 인원 문제든 병원 내 시스템 문제든 의사도 환자도 시스템 안에서 같이 피해를 보고 있는 거라면 어느 한편에서 일방적으로 요구하는 관계를 맺기보다 의사와 환자가 함께 협력적인 관계가 될 순 없는 걸까. 너무 세상물정 모르는 뜬구름 잡는 소리일까 싶지만, 시간이 걸리더라도 조금 더 나

아지는 방향으로 간다면 서로에게 덜 상처를 주고 덜 상처를 받을 수 있지 않을까.

요즘 어린 아이들은 병원 놀이를 할 때, 청진기를 대어 보기 전에 키보드 두드리는 시늉부터 한다고 한다. 나조차도 수기로 진료를 기록하는 의사 선생님의 모습이 잘 기억나질 않으니 어쩌면 당연한 일인지도 모른다. 그런데다 진료 기록부 발급을 요청하면 반듯한 글자로 인쇄된 문서를 채 10분도 되지 않아 받아볼 수 있고 제아무리 어려운 의학 용어가 있더라도 검색하면 전문적인 의학 논문을 직접 찾아볼 수 있는 세상이다.

빠르게 변하는 세상 속에서 의사와 환자의 소통 방식에는 어떤 변화가 있었는지 궁금하다. 불안한 마음에 이것저것 찾아보고 온 환자에게 구글에 검색하지 말라고 충고하는 의사는 과연 환자에게 어느 정도의 시간을 할애하며 자세한 설명을 해주고 있을까. 의사의 공감이 환자에게 얼마나 큰 힘이 되는지 알고 있을까.

환자도 내가 현실에서 만나는 의사는 드라마에 나오는 의사와 다르다는 것을 잘 알고 있다. 정원이, 준완이, 익준이, 송

화 같은 의사는 드라마 속에만 있다는 걸 병원에 들어서면서부터 알게 된다. 그래도 환자는 어쩔 수 없이 기대한다. 이 불안한 마음을 조금이라도 이해받는 따뜻한 눈빛을, 불행한 결과를 조금이라도 상쇄하는 희망의 말을. 환자와 의사 선생님 사이 눈 맞춤이 함께하는 인사 한 번이면 긴장된 분위기의 병원이라는 벽은 한층 낮아질 거라 생각한다.

13

후회도
선택할 수 있나요?

항암을 하든 하지 않든
마지막 순간에는 결국 후회하게 될 거라고.
결정에 대해서는 후회할지라도
모시고 있는 동안 우리가 한 일에 대해서는 후회하지 말자고.

◇

인생은 처음부터 끝까지 선택의 연속이다. 그리고 그 선택
에 정답은 없지만 책임이 있다. 그것이 나를 위한 선택이 아니
라고 해도 말이다.

시대가 변했다고는 하지만, 며느리나 사위의 입장에서 배
우자 집안의 중대한 결정을 할 때, 끼면 안 되는 어떤 불문율
같은 것이 분명히 존재한다. 시부모님 혹은 장인·장모님은 나
의 부모님이 아니라 남의 부모님이다. 그래서 어렵다. 특히 부
부만 상의해서 끝인 일이라면 모를까 상대방의 혈육이 함께

결정해야 하는 중대한 문제에 적정선을 지키지 못할 경우 불상사가 생기기 마련이다. 나는 웬만하면 의견 제시보다는 정보 전달에 치중하려고 했다. 이건 며느리로서 주제 파악이 빨랐던 것이고 수술 동의서에 사인할 수 없는 관계의 한계가 반영된 현실을 일찍 깨달았다는 뜻이다. 나는 시아버지와 같이 살면서 실질적인 보호자 역할을 하고는 있지만 법적인 책임을 질 수 없는 위치였다.

2020년 2월부터 대리처방에 관한 법률이 강화되어서 의식이 없거나 거동이 불편하고 장기간 동일 병명으로 같은 처방을 받은 경우를 제외하고는 대리처방이 불가능하다. 하지만 중증 질환으로 고생 중인 고령의 환자들은 이런 요건에 부합하는 경우가 대부분이라 구비 서류만 준비하면 대리처방을 받을 수 있다. 보호자가 환자의 직계존비속인 경우 신분증과 가족관계 증명서 한 통이면 충분하지만 며느리인 내가 갈 경우 나의 신분증, 남편의 가족관계 증명서, 나의 가족관계 증명서 각각 한 통씩이 필요하다. 시아버지와 나의 관계를 서류상으로 확인받으려면 남편과 나의 배우자 관계를 증명할 수 있는 서류와 남편과 시아버지의 관계를 증명할 수 있는 서류를

함께 준비해서 가야 한다는 뜻이다. 남편은 가족관계 증명서 한 장이면 될 일을 내가 하려면 준비해야 할 서류가 두 장 내지 세 장으로 늘어난다. 서류 몇 장 더 떼는 것이 별일 아닐 수 있지만, 함께 살아도 먼 관계라는 것을 법적으로 확인받는 느낌이었다.

또 하나 웃기면서도 놀랐던 사실이 있는데 돌아가시기까지 6개월을 지지고 볶고 함께 지냈던 시아버지의 사망 신고는 내가 할 수 없지만, 근 몇 년을 얼굴 한 번 제대로 보지 못한 친할머니의 사망 신고는 내가 단번에 할 수 있다는 것이었다. 친·인척 관계에서 친척과 인척, 직계존비속의 차이가 이렇게나 클 줄이야.

보호자의 감정선 역시 100퍼센트 공감할 수는 없었다. 사실 나와 또래인 며느리가 시부모와 함께 지내는 경우는 거의 본 적이 없는 데다 암에 관한 정보를 얻을 수 있는 카페에서도 50대 며느리가 쓴 글 정도가 다였다. 당시 우리 엄마가 50대였다. 온통 내가 직접 부딪쳐야만 알 수 있는 것들이었다.

나는 처음에 의료진 말처럼 항암을 시도해 보는 게 좋을 것 같다는 의견이었지만 남편과 캐나다에 있던 시누이는 완

강하게 시아버지의 항암 치료를 거부했다. 당시 암 환자들 사이에서 화제가 되었던 구충제를 만병통치약으로 위안 삼는 듯했다. 그 선택을 뭐라고 할 순 없었다. 시아버지의 연세나 기저 질환, 예후가 안 좋은 췌장암의 특성 등을 고려했을 때 단순히 생명을 연장하는 선에서 항암 치료를 하기엔 위험부담이 너무 컸으니까. 의료진도 여러 면을 고려한 끝에 항암 치료를 받지 않는 것이 좋겠다고 했었다. 시아버지에게는 최선의 선택처럼 보였고 나는 더 의견을 내세우지 않았다.

그때 나는 남편에게 딱 이렇게만 말했다. "우리가 어떤 결정을 하든, 항암을 하든 하지 않든 마지막 순간에는 결국 후회하게 될 거라고. 결정에 대해서는 후회할지라도 모시고 있는 동안 우리가 한 일에 대해서는 후회하지 말자"라고.

안과 진료 후 시아버지는 원래 사시던 곳에 가셔서 남은 것을 정리하고 지인들과 마지막으로 만나고 오겠다고 하셨다. 그런데 다시 돌아온 시아버지는 안색이나 걸음걸이가 눈에 띄게 안 좋아 보이셨다. 단번에 알아차릴 수 있을 정도로 기력이 쇠하신 모습이었다.

예약을 잡고 만난 교수님은 어두운 표정으로 말씀하셨다.

평균적으로 시아버지 연세의 어르신들은 면역력이 낮아 암 진행 속도가 느리고 이미 많이 진행된 상태에서 항암 치료가 큰 의미 없을 것 같아 처음엔 항암을 권유하지 않았다고. 그런데 시아버지는 진행 속도가 너무 빨라 복막에 전이된 암세포가 훨씬 많아졌고 배가 불러오는 건 단지 복수 때문이 아니라 복막에 퍼지는 암 때문으로 보인다고 하셨다. 마치 쌀알을 뿌려놓은 듯한 시티 검사 판독 결과가 야속하게 느껴졌다. 교수님은 늦었지만 이제라도 항암을 해볼 것을 권유하셨다.

우리의 결정은 예상치 못한 결과를 불러왔다. 이렇게 될 줄 알았더라면 처음부터 항암 치료를 받을 걸 그랬나 하는 후회가 물밀 듯 밀려왔다. 시아버지에게 최선의 선택이라고 생각했던 우리의 그 선택이 정말 최선이었는지 '결국' '역시나' 우린 후회하고 말았다.

우리는 기력이 떨어지신 시아버지를 호스피스 병동에 모셔야 할지 고민했다. 그런데 호스피스 병동에 대해 알아볼수록 생각했던 것과는 괴리가 컸다. 우리나라에서 호스피스 병원으로 지정된 의료 기관의 법적 이용 가능 기간은 60일이다. 그리고 대부분 입원 후 60일 이내 돌아가신다고 한다. 만일

60일 이후에도 살아있다면 그 후엔 어떻게 해야 할까. 말기 암 환자의 경우 사실상 가정에서 보호하는 것이 어렵고 조금이라도 열이 나거나 몸에 이상이 생기면 응급실에 가야 한다. 말 그대로 마지막 순간에 선택하는 곳이 호스피스 병원인데, 가면서부터 '60일이 지나면 어떻게 해야 하나' 걱정해야 하는 상황이 잔인하게 느껴졌다.

호스피스 병동에 전화를 걸었을 때도 상담 가능한 가장 빠른 날짜가 3주 정도 뒤였고 일단 상담 후 입원 대기에만 최소 2주~최대 4주가 걸린다고 했다. 아니, 도대체 호스피스 병동 아귀에 딱딱 맞춰 입원하는 사람이 있긴 한가요……. 우리는 달리 뾰족한 해결책을 찾지 못한 채 호스피스 병원은 상담만 예약해 두고 시아버지를 3차 병원에 모셨다.

일반적으로 췌장암에 쓰는 항암제 종류 등 이것저것 미리 알아보고 갔다. 하지만 막상 병원에 가서 치료 계획을 들을 때면 우리가 아무리 열심히 검색을 하고 가더라도 보호자가 할 수 있는 건 동의서에 사인하는 것 말고는 없다는 것을 경험으로 알고 있었다. 우리는 병원 매뉴얼대로 움직였다. 항암 치료의 상징과도 같은 포트가 시아버지의 쇄골 근처에 꽂혔다.

어렵게 시작한 항암 치료는 1차도 아닌 단 1회, 첫 번째 약이 들어가고 나서 생긴 부작용으로 인해 중단해야만 했다. 혈액 수치상의 부작용은 둘째 치고 기저 질환인 부정맥으로 인해 새벽 3시쯤 시아버지의 심박수는 40대까지 떨어졌다. 보호자를 부르는 다급한 전화에 남편은 병원으로 달려갔다. 그날 이후로 정말 전화통에 불난다는 말이 뭔지 실감하는 며칠이 이어졌다. 병원과 최소 열 통이 넘는 전화를 주고받은 후에야 24시간 심부전 검사도 항암 치료도 더는 하지 않는 것으로 마무리 되었다.

췌장암의 항암 치료는 1차에 주사 3회가 하나의 사이클이다. 어차피 시작한 항암 치료인데 1차라도 끝까지 해보는 게 낫지 않을까 하는 안타까운 마음이 들었지만, 의사의 소견을 따를 수밖에 없었다. 담당의는 현재 항암 치료를 진행할 수 없는 상태이며 3차 병원에서 더는 해줄 것이 없는 환자에게 병상을 내어주긴 힘드니 요양병원을 빨리 알아보고 옮기시라는 말을 들었다. 우리는 급하게 요양병원을 알아봤다.

우리가 늘 현실에서 부딪혔던 문제들은 아무리 삶의 질을 높이기 위해 항암 치료를 포기했다 하더라도 그 결정을 뒷받

침할 만한 사회적 여건은 전혀 마련되어 있지 않다는 데서 비롯되었다. 이미 4년 전에 일본은 고령의 암 환자들이 적극적인 치료를 포기하는 비율이 높아지고 있다는 연구 결과를 발표했고 특히나 치료가 어려운 췌장암은 치료하지 않는 비율이 60%에 이른다고 한다.[*] 우리나라 역시 고령의 암 환자들이 치료를 중단하는 경우가 많다는 국립암센터의 데이터 수집 결과를 비슷한 시기에 발표했다.

노인 암 환자들이 삶의 질을 높이기 위해 항암 치료를 포기하는 경우가 늘고 있다고 하지만 보호자로 현실을 겪어본 나로서는 선뜻 권유하기가 어려워졌다. 항암 치료를 받지 않는 환자에게 예기치 못한 문제가 생겼을 시에 관한 대비책이 부족해 개인이 책임을 떠안게 되는 한계도 분명 존재한다.

3차 병원이 1·2차 병원에서 하기 힘든 복잡한 수술이나 항암 치료 등을 시행하는 병원이라는 것에 나도 동의한다. 그렇다면 죽음에 임박한 환자가 가게 되는 호스피스 병동과 항암

---

[*] 이해영 기자, 〈日고령 암 환자, 적극적 치료 포기하는 비율 늘어〉, 《연합뉴스》, 2017.8.9.

치료를 받는 환자의 생활에 보조적인 역할을 하는 요양병원 그 사이, 항암 치료를 하지 않는 암 환자를 위한 2차 병원 규모의 암 전문 병원이 있으면 얼마나 좋을까. 이런 생각을 정말 자주 했었다.

항암 치료를 하지 않겠다고 한 이후로 우리는 3차 병원 환자이기도 하면서 아니기도 한, 여기도 저기도 속할 수 없는 이방인 같다고 느꼈다. 그럼에도 계속해서 큰 병원을 찾아갈 수밖에 없었던 이유는 언제 어느 때에 어떤 일이 일어날지 모르기 때문에 암 환자에 관한 경험이 풍부한 종양내과 의료진과 검사 장비, 급하면 언제든 갈 수 있는 응급실과 입원 병동을 갖춘 병원이 필요했기 때문이다.

항암 치료를 하지 않겠다고 하면 거의 가정형 호스피스를 추천한다. 가정형 호스피스가 환자의 웰다잉well-dying을 돕는다면 보호자의 삶의 질은 두 배 속도로 다잉dying을 향해간다 해도 무방할 것이다. 거의 24시간을 환자 옆에 붙어있어야 한다. 노부모를 집에서 모시는 것이 효도라는 절대적인 인식에서 간신히 벗어나 요양원과 요양병원으로 가는 것이 이상하지 않은 문화로 자리 잡은 이제, 웰다잉을 위해 다시 집으로

돌아가라니. 전문 인력이 상시 방문한다고는 하지만 의학적인 지식이 없는 보호자가 환자의 갑작스러운 의식 변화나 호흡 곤란과 같은 응급 상황에 대처하는 것은 불가능에 가깝다. 더군다나 24시간 동안 환자 곁을 지킬 수 있는 보호자가 얼마나 될까?

가정형 호스피스는 나라에서 시행하고자 하는 강제 효도의 한 종류가 아닐까 하는 의심까지 들었다. 호스피스 시설이 필요하면 그 시설을 만들어야지 왜 집으로 돌려보내려 할까. 현재 죽어가는 환자들이 원하는 곳이 집이라서? 지금 웰다잉을 위해 집으로 가라고 하는 사람들은 현재 죽음을 맞이하는 그 세대 이후 다음 세대도 집에서 죽길 원하는지에 대해 생각해본 적이 있을까.

하나의 정책이 시행되고 자리 잡기까지 최소 10여 년이 걸린다는 것을 감안할 때, 미래에도 집이 죽기에 최적의 공간인지 잘 모르겠다. 적어도 나는 내가 번 돈으로 최고의 의료진과 시설을 갖춘 병원 1인실에서 임종을 맞이하고 싶은데……. 전문가들은 죽기 좋은 곳이 살던 집이라고 하니 전문가의 권위 있는 의견과 나의 사욕에 가득 찬 좁은 생각이 충돌하는 이

런 때가 참 혼란스럽다.

물론 집에서 주무시다 평안하게 돌아가시는 경우도 있다. 어른들은 그런 죽음을 복 받은 죽음, 선택받은 죽음이라 말한다. 그러나, 여러 종류의 질병에 시달리다 고통에 지친 상태로 돌아가시는 경우가 대부분이다. 고통 받는 환자도, 그걸 지켜보는 가족도 서로 마음이 찢어지는 일이다. 그리고 그 이후의 과정 역시 순탄하지는 않을 것이다.

우리나라에서는 사망 이후 의사에게 사망 진단서를 발급받아야 한다. 장례식장을 예약할 때부터 기본 열 통은 떼는 것이 좋다고 미리 언질을 받을 만큼 여기저기 중요하게 많이 쓰이는 서류가 바로 사망 진단서다. 병원에서 돌아가시면 사망 확인이 쉽게 가능하지만 집에서 임종을 맞이할 경우, 119로 신고를 하더라도 사망 후에는 응급 환자로 분류되지 않기 때문에 경찰관이 입회하여 영안실로 이송하게 된다.

편안하고 익숙한 집에서 임종을 맞이한 후 집에 찾아온 첫 손님이 경찰관이라니. 이게 무슨 운수 좋은 날 김첨지가 사온 건 설렁탕이 아니라 돼지국밥이었다는 말보다 황당한 이야기인가. 흔히들 탄생과 죽음이 개인적인 일이라고 생각하지만

개인적인 차원이라고 하기에 한 사람의 삶과 죽음은 가족 그리고 이 사회와 생각보다 많은 관계성을 가지고 있다는 생각이 들었다. 한 사람의 죽음은 어쩌면 한 사람만의 죽음이 아닌 것이다.

우리는 고민 끝에 약해지신 시아버지를 퇴원 후 집이 아닌 요양병원으로 모셨다. 남편은 주말 내내 아버지 옆에서 보호자 노릇을 했다. 한창 아빠를 찾을 때인 아들과는 생이별을 하고서 두세 시간마다 잠에서 깨어 불편함을 호소하는 아버지를 지극정성으로 돌봤다. 그 사이 그의 누나와 동생은 전화기 너머로 슬픈 목소리와 눈물을 전하기 바빴다. 남편과 나도 그런 역할은 충분히 할 수 있는데, 유독 우리 팔자가 사나운 탓일까.

요양병원으로 시아버지를 모신 지 한 주가 안 됐을 토요일 새벽 3시, 다급하게 병원에서 호출이 왔다. 급하게 남편이 병원으로 갔지만, 병원에서는 환자가 진정하고 잠드셨으니 그냥 가셔도 될 것 같다고 했다. 그 말에 남편은 걸음을 돌렸다. 그 순간을 오래도록 후회하게 될 줄도 모르고. 잠깐이라도 올라가서 얼굴이라도 봤더라면……. 후회는 항상 뒤늦다. 몇 시

간 후 의사의 다급한 연락에 남편이 다시 병원에 갔을 때는 이미 시아버지가 돌아가신 뒤였다.

병원에서 말한 6개월, 그 시간은 참 정확했다. 남은 시간을 미리 알고 있었지만 돌아가시기 2~3주 전까지 마지막을 전혀 예상 못했던 터라 시아버지가 서둘러 돌아가신 것처럼 느껴졌다. 이렇게 삶과 죽음은 우리가 예상하는 영역에서 한참을 벗어나 있다. 시한부 6개월의 시간도 그랬다.

시아버지의 장례식장에서 나는 호스피스 담당 간호사의 전화를 받았다. 상담 예약 시간이 다 되었는데 오지 않아서 연락했다는 그녀에게, 나는 덤덤하게 시아버지의 사망 소식을 전했다. 장례 이틀째라고 이야기하자 당황해서 어쩔 줄 몰라하는 전화기 너머의 그녀에게 나는 도리어 괜찮다고 말했던 것 같다.

14

죽음 후에
남는 것들 1

◆

늘 자식에게 아끼지 않고
퍼주기만 했던 부모의 모습이
장례식장의 자식에게서 나오게 된다.

◇

　남편은 결혼 후 두 번의 상주 역할을 했다. 늦둥이로 태어나 어머니의 사랑을 듬뿍 받으며 자란 남편은 그렇게 쉰 살이 되기 전 부모님을 두 분 다 먼저 떠나보냈다. 남편 바로 위에 형이 있었다고 하는데, 형이 일곱 살 때 갑자기 세상을 떠나면서 시어머니는 매우 큰 실의에 빠지셨다고 한다. 그러다 남편을 낳고 조금씩 회복하셨다고 들었다. 남편이 엄청나게 귀하게 자라진 않았어도 조금 특별한 아들인 이유였다.

　서로에게 각별한 존재여서 그랬는지, 엄마라는 존재 자체

가 남달라서 그랬는지 시어머니의 입관식과 발인식 그리고 화장장으로 들어갈 때 남편은 많이 울었다. 지금까지 내가 본 남편 모습 중에 가장 많이 운 날이었다. 특히, 관이 화장장으로 들어가는 마지막 순간까지 관을 붙잡고 있다가 어쩔 수 없이 놓던 그 안타까운 손은 잊히지 않는다.

한 번 겪어봐서인지 시아버지가 우리 곁에서 함께 시간을 보내다 돌아가셔서인지 남편은 마지막으로 병실에서 아버지와 단둘이 있던 순간을 제외하고는 울지 않았다. 그리고 나는 참 민망하고 이상하게도 단 한 순간도 울지 않았다. 우리 엄마는 남편과 내가 지난 시간 너무 많이 고생해서 그런 거라고 했다. 이유가 어찌 되었든 시어머니와 시아버지의 마지막은 조금 달랐다. 시어머니가 돌아가셨을 땐 시부모님이 살던 곳에서 장례를 치러 마지막 순간에 옆에 계신 분은 시아버지였다. 그때 우리가 결정할 건 따로 없었다. 하지만 시아버지가 돌아가시고는 모든 것을 우리가 결정하고 진행해야 했다.

상주 역할을 맡게 되면 처리해야 할 일들은 곳곳에 있다. 내가 장례식장과 빈소를 정하는 사이, 남편은 시아버지가 계시던 요양병원에서 장례식장으로 이송 절차를 진행하고 이송

하는 차 뒤를 따라왔다. 우리는 시아버지가 돌아가신 병원에 있는 장례식장에서 장례를 치르지 않아서 그런지 사망 진단 서상의 고인이 맞는지 확인하는 과정이 필요했다. 직계 가족인 남편이 도착하자, 관계자 분이 남편을 데리고 안치실로 들어갔다.

이후는 확인과 선택의 연속이다. 정해진 장지가 있는지, 화장을 할 건지 매장을 할 건지, 관과 수의는 어떻게 할지, 영정 사진은 어떻게 할지, 몇 명이 상복을 입을지, 꽃 장식과 제사상은 어떤 것으로 할지, 손님들 식사 메뉴는 무엇으로 할지 등 장례식장 관계자와 거의 모든 결정을 하고 나면 각 담당자 분들이 준비를 시작하고 사무실에 계시는 분은 화장장 스케줄을 함께 확인하고 예약해 주신다. 마지막으로 운구차까지 정하면 대부분의 절차들이 얼추 마무리 되고 상복을 입고 빈소로 가면 된다. 내가 이 절차들에 대해 이렇게 자세히 알게 될 줄이야. 고작 2년 전까지만 해도 문상하는 방법조차 잘 몰랐는데, 어느새 나는 진짜 어른들만 알던 상주의 A to Z를 알게 된 것이다.

게다가 돌아가시는 시간이 중요하다는 것 또한 알게 되었

다. 그 시간에 따라 장례 일정이 속된 말로 빡셀 수도 덜 할 수도 있다. 입관식은 돌아가신 다음 날 진행된다. 그러니까 일반적인 기준으로 입관식이 진행되기 전인 장례식 첫날은 아직 돌아가신 게 아니라고 생각해 절도 두 번 하지 않는다고 한다. 오전이나 낮 시간대에 돌아가시거나 늦은 밤이 아닌 오후에 돌아가신다면 당일 빈소를 차리고 다음 날 입관식을 진행하면 된다. 하지만 늦은 밤이나 새벽 시간대에 돌아가시게 되면 다음 날 빈소를 차리고 잠시 후 바로 입관식을 진행하게 되는 것이다. 자식들이 힘들지 않게 좋은 시간에 죽었으면 좋겠다는 작은 바람 또한 어떤 면에선 쉽게 이루어지기 힘든 큰 바람인 것이다.

　나는 미리 남편에게 양해를 구하고 입관식에 참석하지 않았다. 대신 이른 새벽부터 움직여 불교 용품점에 가서 관에 같이 넣을 노잣돈을 구해왔다. 한 묶음에 100장인데 다섯 묶음을 사는 나를 보고 놀란 사장님이 그렇게 많이 사냐며 돈은 가져가면 나눠 쓴다고 하셨다. 하지만 살아생전 보였던 그의 성정상 인심 후하게 나눠 쓰실지는 잘 모르겠다. 죄송하지만 진짜다. 입관식이 다 끝나고 남편은 아버지 주위에 돈밖에 보이

질 않았다고 말했다. 한 겹도 모자라 두세 겹 돈에 싸여 계셨다고. 또 죄송하지만 그 얘기에 한참을 웃었다. 그리고 가족 봉안묘 안에도 미니어처로 된 돈을 넣었다.

처음부터 끝까지 시아버지가 제일 좋아하시는 것으로 넣어드렸다. 아마 같이 지내지 않았다면 좋아하시는 걸 제대로 몰랐을지도 모른다. 삼도천 건너시는 길, 좋아하시는 돈과 함께 넉넉히 가실 수 있어 다행이라 생각했다. 내가 시아버지에게 잘한 일 세 손가락 안에 들지 않을까 싶다. 이건 남편도 인정했다.

장례식 때면 남자 인력의 중요성을 특히나 체감한다. 장례를 치르는 동안 큰 아들과 큰 손자만큼 바쁜 이를 본 적이 없다. 거기다 누구누구라고 인사는 엄청 많이 하는데 이제껏 한 번도 본 적 없는 어른이 삼분의 일 이상이고 오는 손님마다 맞절도 해야 하니 "손님 많은 집 상주는 삼일장 끝나면 도가니 나간다"라는 옛말은 괜히 나온 말이 아니다. 시어머니가 돌아가셨을 때 남편의 상주 노릇이 정점이라고 할 수 있었는데, 남편은 자리를 비울 새 없이 밀려오는 손님을 맞이해야 했다. 겨우 밥 한술 뜨려고 하면 어김없이 어디선가 남편의 이름이 불

렸다. 나는 고개를 숙이고 몰래 웃어야만 했다.

　문득 남편의 얼굴에 비친 초조함을 읽었다. '아, 잠깐 담배라도 피울 겸 나가야 하는데 시간도 없고 담배조차 없구나!' 나의 촉을 발휘해 내린 결론으로 남편에게 혹시 그런 상황이 아니냐고 넌지시 물었다. 남편은 화들짝 놀라며 어떻게 알았냐고 반문했다. 이젠 본인의 머릿속까지 꿰뚫어 보는 거냐는 감탄이 이어졌다. 웃기고 슬픈 그 상황에 나는 처음이자 마지막으로 남편의 담배 심부름을 자청해 주었고 고마움 가득한 마음을 그의 표정에서 읽을 수 있었다.

　나는 왜 그때 아빠 생각이 났을까. 아홉 살이라는 어린 나이에 아버지가 돌아가시면서 가장이 된 나의 아빠는 군 제대 후 곧바로 사회생활을 시작했다. 두 여동생의 결혼식과 남동생의 뒤치다꺼리를 책임지느라 늘 큰돈이 필요했던 아빠는 떠밀리듯 사업을 시작을 시작했고 아이엠에프 사태로 위기를 맞았으나 꿋꿋하게 이겨냈다. 언젠가 아빠는 그때를 이야기하며 "밤에 잠들 때면 아침에 눈 뜨는 것이 참 두려웠다"라고 말했다. 엄마는 늘 그의 건강을 걱정하며 금연을 권유인 척 강요했지만, 내가 사회생활을 시작하면서 처음 아빠를 이해하

게 된 것이 바로 '담배를 피우는 마음'이었다. 술을 한 잔도 못하는 그에게 그나마 담배가 답답한 속을 달래주는 친구였길 바랐다.

향 연기 가득한 빈소에서 벗어나 잠시나마 남편에게 휴식을 안겨준 것이 내가 남편에게 해주었던 일 중 가장 뿌듯한 일이었다.

삼일장의 마지막 날, 발인이 끝나고 운구할 때 보통 상주인 장남이 제일 앞에서 고인의 이름이 적힌 위패를 들고 그 뒤에 장손이 영정 사진을 든다. 그리고 여자를 제외한 남자 4~6인이 관을 들고 운구차로 이동하는데 이것이 가장 최소한의 운구 행렬이다. 남성 중심의 장례 문화는 직접 겪어보니 다른 이유가 아니라 힘쓰는 일이 많아서였다. 관이 그렇게 무거운지 시아버지 장례식 때 처음 알았다. 화장용 관은 비교적 가볍다고 하는데도 남자 네 명이 들어도 버거운 무게에 나는 정말 깜짝 놀랐다. 발인 후 잠시 기다리며 서 있을 때 옆에서 조카 녀석이 "아, 다섯 명이 관 옮기는 거 빡센데"라고 해서 픽 웃어버렸는데 그게 진짜였다니. 아마 관 자체의 무게도 있겠지만 관 안에 돌아가신 분의 마음의 무게가 함께 남아서가 아

닐까 잠깐 생각했다.

　손님들 음식 주문이나 결제를 돕고 짐을 챙기고, 다른 식구들 잠자리를 신경 쓰는 등 상주의 아내로서 신경 쓸 것이 꽤 많아서 장례식에 며느리로서 참석하는 것까지는 힘들다. 특히 시어머니 장례식 때는 지방에서 원칙대로 진행된 고되고 고된 장례식이어서 참석해서 자리하는 것만으로 힘들었다. 나는 상주인 남편과 세트 같은 존재로 함께 불려 다녀야 하는데다, 아직 어린 아들은 챙겨야 할 것도 신경 쓸 것도 많았다. 입관식에 들어갔다가 아이를 챙기고 두 시간도 채 눈을 붙이지 못하고 새벽 5시 제사를 지낸다는 소리에 빈소로 다시 불려나간 기억이 있다.

　사람이 정말 졸리면 대화를 하다가도 잠들 수 있다는 것을 그때 알았다. 분명 남편과 이야기하고 있었는데 저절로 고개가 떨구어졌다. 내내 심각한 표정이던 남편은 웃음이 터졌고 가서 조금이라도 자고 오라며 시작하면 부르겠다고 했다. 그런 모습이 큰 시누이에게는 참 못마땅했던 것 같다. 제사가 끝나자마자 나를 따로 불러내 미리 잠 좀 깨고 준비하지 그랬냐는 타박이 이어졌다. 마치 학교 뒤로 끌려가는 중학생처럼 끌

려가서 잠결에 이런저런 소리를 듣고 지나갔는데 당시 멍한 상태라 다행이었다. 아마 평소 컨디션이었으면 장례식장에서 파이팅이 넘치는 모습을 모두에게 보여줄 수 있었을 텐데.

장례식도 사람이 하는 일인지라 의도치 않게 여러 에피소드가 생긴다. 시아버지 장례식도 마찬가지였다. 요양병원에 모신 지 일주일도 안 되어 시아버지가 돌아가시는 바람에 당황스러운 일이 몇 가지 있었는데 그 중 하나가 스트레스를 풀고자 네일아트를 받은 일이었다. 한 쪽 손톱은 코발트블루로, 다른 쪽 손톱은 블랙 오브 블랙으로 칠했다. 반짝반짝 예쁘게 손질된 손톱을 보며 작은 변화에 오랜만에 상쾌해진 기분이었다. 그런데 반나절이 지나지 않아 시아버지가 돌아가셨다는 연락을 받았던 것이다.

부랴부랴 장례식장을 예약하고 일처리를 끝내고 나니 그제야 손톱이 보였다. 아…… 상복에 어울리는 색이긴 했다. 하지만 손톱에 색을 입혔다는 사실만으로 데프콘 1에 진돗개 하나의 전투태세에 돌입해야 했다. 네일아트를 받아 본 사람이라면 알겠지만, 쉽게 지워져 본전 생각나는 것이 네일아트이자 또 마음먹고 지우려면 지울 수 없는 것이 네일아트다. 나에

겐 시간이 없었고 네일아트는 쌩쌩했다.

약국에서 파는 순도 100퍼센트의 아세톤으로 지울 수 있다는 정보를 지인에게 겨우 얻고서 나는 동동거리며 근처 약국을 검색했다. 남편은 그냥 3일 동안 주먹을 쥐고 있는 게 어떠냐고 했다. 차라리 그럴 것을, 코로나 때문에 손님도 많이 없었는데. 그땐 그런 생각을 할 여유도 없이 약국으로 달려갔다. 손톱 건강 따위는 중요하지 않았다. 지우느라 낑낑대는 나를 보고 남편은 인증을 겸한 기념사진을 찍었다. 그런데 문제는 나만이 아니었다.

남편이 병원의 연락을 받고 갔을 때는 몇 시간 전에 이미 병원에 한 번 다녀온 뒤라 임종을 보러 가는 길이라고는 전혀 생각하지 못했다. 별 생각 없이 그저 아버지의 상태가 좋아졌는지 확인 차 가는 거라 생각해서 구멍이 숭숭 뚫린 크록스 샌들을 신고 갔다. 그리고 거기서 임종을 확인한 뒤 장례식장으로 바로 온 것이었다. 남편이 크록스 샌들을 신고 있다는 사실을 나도 남편도 까맣게 잊었고, 발인 전날 문상을 온 친구가 깜짝 놀라며 이야기 해준 덕분에 알게 됐다.

크록스 위에 살포시 얹어진 브라운 곰돌이가 쑥스럽게 우

릴 쳐다보고 있었다. 모든 것에는 최초의 시도가 있는 법이니 크록스를 신은 최초의 상주가 되어 볼 생각이 없냐는 나의 질문에 남편은 아주 잠깐 고민을 했다. 그러나 역시 우리 둘은 동시에 "그건 좀 아니겠지"라면서 정신을 차렸다. 결국 나는 새벽에 잽싸게 집에 가서 남편의 신발을 들고 왔다. 우리는 나름대로 쿵짝이 잘 맞는 부부다.

우여곡절 끝에 발인이 끝나고 우리는 서울 추모 공원으로 향했다. 생긴 지 얼마 안 된 곳이라 그런지 시설이 좋고 깨끗했다. 남편에게 "나중에 여기서 해야지"라고 말했는데, 주어가 왜 없냐고 주어가 뭐냐고 되묻는 그의 말에 나는 끝까지 답해주지 않았다.

생긴 지 얼마 되지 않은 화장장이 좋은 점은 화장하는 시간이 비교적 짧고 빗자루와 쓰레받기를 볼 수 없다는 점이다. 우선 화장하는 데 걸리는 시간은 화장장마다 차이가 있겠지만 우리는 한 시간이 조금 안 걸렸다. 오래된 화장장일수록 화력이 약해서 다 타는 데 시간이 더 걸린다고 한다. 그 이유를 곰곰이 곱씹어 보면 슬프기도 하고 무섭기도 하면서 설명하기 어려운 느낌이 든다. 물론 관이 타는 시간 때문에 그렇다고

는 하지만 대체 얼마나 높은 온도로 얼마나 큰 에너지가 있어야 한 사람의 생이 끝나는 건지, 생각보다 많은 힘과 시간이 필요하다는 걸 새삼 알게 되었다.

빗자루와 쓰레받기는 시어머니 화장장에서 보고 약간의 충격을 받았던 물건이자 인간의 끝 역시 별다른 도리가 없다고 느끼게 해준 물건이었다. 화장장에서는 화장이 다 끝나면 고인 이름 옆에 화장이 끝났다는 표시가 뜨고 유족들이 고인의 유골이 담긴 유골함을 받으러 이동하게끔 되어 있다. 화장장 구조에 따라 관이 들어간 곳과 유골함이 나오는 곳이 같은 곳도 있고 다른 곳도 있는데, 시어머니를 모시고 갔던 곳은 후자였다.

화장 후 남은 뼈를 거두는 것을 수골이라고 한다. 전광판에 뜬 종료 표시를 보고 우리가 화장로로 이동했을 때 마침 유리창 너머로 이 과정이 진행 중이었다. 그때 사용된 것이 빗자루와 쓰레받기였다. 생각해 보면 직접 사람 손으로 옮길 수도 없고 딱히 다른 방법이 없지 않은가. 이름만 빗자루, 쓰레받기일 뿐 그것들의 용도는 죽은 자의 마지막을 정리해 주는 역할이니 어지간한 사람보다 일다운 일을, 어쩌면 더 고귀한 일을

하는 도구일지도 모른다. 처음 보는 이에겐 비주얼로 인해 다소 충격을 안겨줄 수 있다는 점이 단점일 뿐.

유골함은 화장장에 도착하면 자연스럽게 준비 가능하다. 이때 등급에 따른 가격이 존재해서 유골함을 정하면 값을 지불하고 각인할 내용을 정리해서 드려야 한다. 다만 그 과정에서 오자가 생기는 것은 엄청 심각한 문제이니 그 집에서 제일 권력 있어 보이는 사람 혹은 똑똑한 사람이 해야 된다고 각인하시는 분께서 말씀하셨다. 그러더니 십 년 넘게 이 일을 하다 보니 대강 어떤 사람이 해야 할지 감이 온다며 나를 향해 다가오셨다. 아…… 이 죽일 놈의 일 복. 어쨌든 덕분에 남편 아버지이자 나의 시아버지의 마지막 가시는 길까지 나는 할 일을 다 할 수 있었다.

어른이 되어도 자식은 부모 눈에 늘 어린 아이고 미숙한 존재다. 그러다 찾아오는, 부모와 자식의 역할이 바뀌는 순간이 있으니 그때가 바로 자식이 상주 역할을 할 때가 아닐까 싶다. 그런 순간에도 피부로 느끼는 현실은 모든 것이 돈에서 시작해 돈으로 끝난다는 것이다. 돈을 많이 벌어야겠다고 난데없는 결심을 한 데에는 화환도 한몫했다.

시아버지 빈소 바로 앞 어느 할머니의 빈소에는 양 옆을 꽉 채운 화환이 두 줄로 쫙 세워져 있었다. 고인 분에게 자식이 다섯 명 있는데 한 명도 빠짐없이 사회 각 계층에서 한 자리를 잡은 소위 성공한 집안이었던 것 같다. 손에 꼽을 수 있을 정도의 화환이 있는 우리 빈소와는 비교되는 것이 왠지 모르게 기가 죽을 수밖에 없었다. 여기서까지 싸움을 해야 할까 싶지만 어쨌든 싸움의 기본은 머릿수니까. 나는 시아버지의 장례식을 찾은 아빠에게, 나와 동생이 최소 두당 화환 열 개씩은 해야 할 것 같다고 아빠의 마지막 길을 꽃길로 만들어 주기 위해 성공하겠다고 주먹을 쥐며 이야기했다. 아빠는 그게 무슨 필요가 있냐고 했지만 얼굴은 웃고 있었다. 짧은 순간이지만 정말 열심히 살아야겠다 다짐했다.

　장례식장을 찾아 빈소를 차리고 입관식을 하고 수의, 관, 화장 등 정하는 모든 것은 장례식장의 메뉴판에서 결정된다. 우리는 알고 있다. 결국 화장장에서 이 모든 것은 불타 없어진다는 걸. 그리고 불타버릴지라도 비싸고 좋은 것을 해야 마음이 편하다는 것을. 늘 자식에게 아끼지 않고 퍼주기만 했던 부모의 모습이 장례식장의 자식에게서 나오게 된다. 아마 처음

이자 마지막으로 부모 자식의 역할은 물론 그 심정까지 바뀌게 되는 순간이 아닐까.

그리고 정작 그 순간이 되면 그저 멍하니 눈물만 흘릴 시간은 생각보다 많지 않다. "눈물은 밑으로 떨어져도 숟가락 든 손은 위로 올라간다"라는 말이 기가 막히게 통하는 곳이 바로 장례식장이 아닐까. 슬프지만 똑 부러지게 일처리를 해야 하는 아이러니가 가득한 곳. 그걸 시아버지의 장례식에서 벌써 알아버린 내가 다행이면서도 슬펐다.

15

죽음 후에
남는 것들 2

✽

내 장례식은 한바탕 불꽃놀이 같기를 바란다.
아름답고 빠르게 지나가길 바란다.
희미한 연기가 사라질 때까지만
매캐한 향이 가실 때까지만
날 기억하고 추억해 주길 바란다.

◇

호랑이는 죽어서 가죽을 남기고 사람은 이름을 남긴다 했
던가. 시한부 암 환자에 한해 이 격언은 다시 쓰일 필요가 있
다. 내가 지하 주차장 트라우마를 겪게 된 원인이기도 했던 그
버거운 짐, 장례식이 끝나고 집안에 있던 것을 다 정리했다고
생각했는데 차 트렁크에 내가 치이고도 남을 어마어마한 양
의 약이 또 있었다. 병원에서 챙긴 짐들 중에 약이 있었는데
정신이 없어 몰랐던 것이다.

나는 우리나라에서 평생 살고 싶은 이유 중 하나를 대한민

국의 의료 복지와 의료 기술 때문이라 말하곤 한다. 밤낮은 물론 공휴일에도 아프면 달려갈 수 있는 병원이 곳곳에 있고 빠른 진단과 빠른 약 처방은 물론 어지간한 외과 수술이 1차 의원 급에서 당일 가능한 곳이 대한민국 말고 어디에 있을까? 의술은 더 말할 것도 없거니와 특히나 성형외과에선 사람을 다시 태어나게 하기도 하니 내가 이민가지 않는 가장 큰 이유가 바로 이 최첨단 의료 서비스라고 해도 과언이 아니다.

그러나 가끔 이런 편리함 사이로 빈틈이 보일 때가 있으니 뒤늦게 남은 약 뭉치에 섞여있는 마약성 진통제를 마주하는 그런 때가 아닐까. 말기 암 환자에게는 여러 형태의 마약성 진통제가 처방되는데 패치형 진통제는 대표적인 진통제 중 하나다. 약 겉면에 빨간 글씨로 '마약'이라고 쓰여 있는 것만 봐도 왠지 으스스한 느낌이 든다. 이토록 허술하게 집 안에 굴러다니는 약이 될 거라고는 상상해 본 적이 없었다. 나는 막연하게 마약성 진통제는 퇴원 전 반납을 한다거나 사망한 환자의 경우 병원에서 약을 수거하는 등의 절차가 있을 줄 알았다.

그런데 또 반대로 생각해 보니 이런 저런 제약이 있다면 당장 약이 꼭 필요한 환자에게 절차 하나가 생김으로써 더 큰

고통과 불편을 줄 수 있겠다는 것 역시 쉽게 예상할 수 있었다. 더구나 통증이라는 것은 개인마다 다르고 그 정도를 객관화하여 나타낼 수 없으니 참 어려운 문제다.

무엇이 정답인지는 잘 모르겠지만 만약 내가 악의를 가지고 집구석 어딘가에서 발견된 마약류 약을 지하 세계에서 판매한다면······. 과연 그 파장은 어디까지인지 가늠해 봐야 하지 않을까 싶다.

아픈 환자와 환자를 돌보는 보호자가 이런 상황에서까지 그 고민의 주체가 되어야 한다니. 한 사람의 죽음 이후에도, 이 위험한 약들은 마치 고통의 시간을 반증하듯 집안 곳곳에 남아 있었다.

역시 끝날 때까지 끝난 게 아니었다. 시아버지가 떠나셨어도 아직 내가 해야 할 일들이 많았다. 오히려 그 과정에서 내가 보호자였다는 사실을 더 실감하게 됐다. 빈소에서 조카와 나눈 대화를 통해서도 느꼈다. 조카들이 어릴 때는 남편이 명절에도 쉬는 것 같지 않다고 할 정도로 시끄러웠다. 남자 아이들만 네 명이니 안 봐도 당연했다. 그런 조카 녀석들도 내가 시집 올 때를 기점으로 클 대로 커버려 집 안에는 고요와 정적

만이 가득했다. 그러다 보니 나도 딱히 친해질 기회가 없었다. 아이러니하게도 시어머니와 시아버지의 장례식장에서 조카들과 가장 많은 대화를 하고 시간을 보낼 수 있었다. 삶이란 참 알 수 없다.

시어머니 장례식에서 혼자 밥 먹는 내 앞에 앉아 같이 있어주던 무뚝뚝한 조카 녀석은 약 3년 만에 시아버지 장례식장에서 만났을 때 다섯 살은 더 먹은 것처럼 보였다. 그리고 이런저런 대화 끝에 녀석이 툭 한마디를 던졌다. "알잖아요, 외할아버지 특이한 거. 우리 다 힘들었어요. 한 달도 안 되는 시간을 같이 있으면서도 힘들었는데 외숙모 진짜 인정." 이제 갓 제대하고 대학교에 다니는 스물다섯 조카가 무심한 듯 전한 말에 나는 그만 울컥했다. 책으로 배운 피상적인 위로가 아니라 진심에서 우러나온 말이라는 게 느껴졌다.

아무것도 모를 거라 생각했던 사람에게 나도 당신 힘든 거다 알고 있다고, 고생 많았다고 인정받는다는 건 생각보다 훨씬 더 큰 감동이고 위로였다. 사람이 성장하는 것, 어른이 된다는 것은 단순히 나이를 먹는 게 아니라는 걸 다시 한번 느꼈다. 앞으로 내가 누군가를 위로해야 할 순간이 온다면 여러 사

족 붙이지 않고 진심이 담긴 말 한두 마디를 툭 건네야겠다고, 장례식장에서 조카에게 배웠다.

또 시아버지를 모실 때 내가 힘든 걸 눈치 채고 잠깐 차라도 한 잔 하자고 먼저 이야기 해준 아는 언니, 아들 유치원 데려다 주는 길에 내 얼굴을 보고 그냥 지나치지 않고 숨 돌릴 시간을 만들어 준 아들의 같은 반 친구 엄마들……. 당시엔 경황이 없었지만 그때 나눈 대화가 아직도 기억나는 걸 보면 편히 쉴 곳, 마음 둘 곳 없어 힘들던 나의 마음을 다독여 준 시간이었던 것 같다.

혼자서 모든 걸 감내했다고 생각했는데 지나고 돌아보니 나에게 힘이 되어준 많은 사람이 있었다. 한 사람이 생을 마무리하기 전 시간을 내가 함께했다는 것과 그 시간 동안 서툴지만 열심히 보호자 역할을 했다는 사실이 비로소 실감났다. 내가 쉽지 않은 일을 한 게 맞구나 싶은 생각도 들었다.

죽음 후에는 참 많은 것이 남는다. 특히, 사느라 바빠서 얘기조차 제대로 나눠본 적 없는 죽음, 삶의 끝에 있는 마지막 순간에 관해 우리에게 생각해 볼 여지를 남긴다. 시아버지가 돌아가신 이후 친할머니가 돌아가셨다. 마지막 즈음에 할머

니는 유동식도 소화시키지 못해 음식물이 폐로 들어가서 아빠는 새벽 급하게 병원으로 달려가야 했다.

병원에서 마지막을 준비해야 할 것 같다는 말에, 나는 기관 내 삽관을 해야 한다고 하면 할 것인지에 대해 부모님께 물었다. 두 분 다 일말의 고민도 없이 절대 안 한다고 고개를 저었다. 심폐 소생술도 시행하지 않았는데, 할머니가 돌아가시는 마지막 순간까지 고통 받길 원치 않으셨다고 했다. 엄마, 아빠 모두 생의 연명을 위한 인위적인 치료에 대해서는 거부감이 있었다. 외할아버지와 외할머니 두 분의 경우도 비슷했다고 한다. 두 분 모두 항암 치료와 연명 치료를 거부하셨다. 나의 부모님은 사전연명의료의향서를 작성할 거라 하실 정도니 더 말할 것도 없지만.

하루는 부모님과 함께 할머니가 돌아가시게 되면 모실 곳에 대한 이야기를 하던 중이었다. 할아버지 산소 옆에 미리 마련해 둔 곳을 언급하는 아빠에게 나는 말했다. "근데 아빠, 아빠는 거기 못 가. 나는 아빠가 죽은 다음에 거기에 둘 생각이 없어. 너무 멀어, 거기 별로야" 그랬더니 아빠는 알아서 하라는 말과 함께 "어차피 나 죽은 다음인데 내가 뭐 어쩔 거냐"라

고 답했다.

　그리고 얼마 안 가 동생과 엄마가 함께 있는 자리에서 나는 엄마에게 절대 죽으면 안 된다고, 나보다 더 오래 살아야 한다고, 엄마 없으면 못 산다고 말했다가 한 대 맞았다. 엄마인지 동생인지 누구에게 맞았는지는 기억은 안 나지만, 아무튼 한 대 맞고 "나는 그럼 엄마와 함께 순장시켜 줘"라고 했다. 엄마가 없는 나의 삶은 상상도 할 수 없는 진짜 내 진심이었다. 한 대 더 안 맞은 게 다행이긴 했지만. 그 얘기를 들은 동생의 얼굴에 순간 떠오른 미소는 내가 지금껏 본 그 애의 미소 중에서 단연 밝았다. 그때 다들 각자의 마지막을 떠올렸으려나. 가능한 바람인지는 모르겠지만, 동생의 미소처럼 밝을 수 있다면 참 좋겠다.

　남편과는 서로의 장례식 배경음악으로 어떤 곡이 좋을지 얘기했다. 남편이 고른 곡은 블랙핑크의 「How You Like That」이었다. 그의 플레이리스트 취향을 100퍼센트 반영한 선곡이었다. 엄마에게 이런 이야기를 했더니 조용히 죽지 무슨 춤이라도 추면서 죽느냐는 말에 나는 "태어날 땐 아무것도 모르고 울면서 태어났지만 죽을 땐 웃으면서 죽는 게 좋잖아"

라고 대답했다. 부디 나의 대답이 현명한 물음에 맞는 현명한 답이었길 바란다.

내가 나의 죽음을 생각하면 두려운 건 한 가지, '고통'이다. 웬만한 고통은 병원에서 해결할 수 있고 약국에서 파는 약 몇 알로 다스릴 수 있을 정도로 현대 의학은 발전했지만, 현대 의학조차도 손쓸 수 없는 고통에 나는 어떻게 할 것인가. 더는 통증을 줄여줄 방법이 없다는 의사의 말을 듣는다면, 나는 내 자신을 컨트롤 할 수 있을지 솔직히 두렵다. 몸이 건강하고 무엇이든 할 수 있을 때 우리는 죽음을 전혀 자각하지 못한다. 하지만 말 그대로 방바닥을 구를 정도의 고통에 괴로워 해본 사람이라면 죽음이 우리 삶 바로 옆에 있다는 의미를 희미하게나마 알 수 있을 것이다.

굴곡 많고 쉽지 않은 시간 속에서 몇 번의 기회들로 나는 삶과 죽음이 공존하고 있음을 어렴풋이 알게 되었다. 당시에는 나의 팔자를 탓하며 발을 구르기도 했지만, 시간의 장점이자 단점은 고통스러운 기억도 미화시킨다는 것이다. 그렇게 미화된 지난 나의 시간을 발판삼아 내 장례식도 생각해 볼 수 있었다.

내 장례식은 한바탕 불꽃놀이 같기를 바란다. 짧은 시간 화려하게 빛나고 순식간에 사라지는 불꽃처럼 아름답고 빠르게 지나가길 바란다. 다 끝난 후에는 희미한 연기가 사라질 때까지만, 매캐한 향이 가실 때까지만 날 기억하고 추억해 주길 바란다. 그 정도 시간이면 나도, 남아있는 이들도 서로에게 섭섭하지 않을 수 있지 않을까. 여기에 덧붙이자면, 운구할 때는 꼭 아리아나 그란데의 「7 rings」를 배경음악으로 깔아줬으면 좋겠다. 어느 영화의 대사처럼, 늘 "돈이 없지 가오가 없냐"라고 말할 수밖에 없었던 나의 마지막은 어쩔 수 없이 물질만능주의를 깔고 가야겠다.

2020년 6월, 시아버지가 돌아가신 이후로 나는 아무렇지 않은 듯 그럭저럭 잘 지내고 있다. 지나고 보니 큰일은 아니었다고 말할 수 있는 여유가 이제 좀 생긴 것 같아 다행이다. 다만, 감정을 소모해 가며 봐야 하는 드라마나 영화는 해가 바뀌고도 몇 달이 지나서부터 볼 수 있었다. 마음을 쓰고 머리를 쓰는 일을 일절 거부해 왔던 것 같다. 쉬면서 운동을 조금 했고 다시 영화와 드라마를 보기 시작했다. 그래도 아직까지는 어두우면서도 가끔은 웃긴 영화나 유혈이 낭자한 범죄 스릴

러 영화가 보기 편하다.

코로나19가 시작될 무렵 함께 시작한 나의 시한부 보호자 생활은 그렇게 끝이 났다. 여전히 끝나지 않은 코로나19의 상황 속에서 나는 남들과 다른 듯 또 비슷하게 매일을 살아가고 있다.

37.3℃

이 글을 쓰게 만든 동력은 다름 아닌 〈킹덤〉이라는 드라마였다. 주인공 이창(주지훈 분)은 궐 안에서만 자란 세자인데, 본인의 의지대로 몰래 잠행을 나와 놓고 백성들이 사는 공간을 지나며 냄새로 인해 몇 번이나 헛구역질을 한다. 하지만 점차 그는 달라진다. 더 이상 헛구역질을 하지도 않고 육포를 내던지지도 않는다. 되레 백성들이 먹을 것이 저것뿐이냐며 음식을 양보한다. 세자는 이렇게 외친다. "난 다르다. 난 이들을 버리고 간 이들과도 다르고 해원 조씨와도 다르다. 난 절대로 이

들을 버리지 않을 것이다"라고.

그 대사를 듣고 한겨울의 내가 떠올랐다. 당황스럽고 버거운 상황에서도 이건 강요가 아니라 선택이라 말하며 주어진 상황을 잘 이겨내고 싶었다. 그렇게 나는 다르다고 기를 쓰며 외치고 있었건만 시간이 지날수록 아무도 그렇게 생각하지 않는 것 같아서 보란 듯이 더 잘 해내려 애썼던 것 같다.

사실 사람 간의 관계, 그 사이에서 일어나는 일들을 글로 적는다는 것이 얼마나 오해의 소지가 많은 일인지, 얼마나 조심스러운 일인지 알고 있다. 환자와 의사, 특히나 며느리, 시누이라는 단어가 현재 우리 사회에 주는 무게감과 예민함을 알기에 자칫 내가 오해를 사지는 않을까 걱정도 했다. 단순히 환자여서 의사여서 며느리여서 시누이여서, 라는 말로 구분 지을 수도 없고 구분 지어서도 안 된다는 것도 알아서 글을 쓰면서 마음이 무거웠던 적이 한두 번이 아니다.

하지만 계속 글을 써야겠다고 생각한 이유는 단 하나였다. 내가 느꼈던 막막함과 시행착오를 아직 경험 없는 누군가가 필요 이상으로 겪지 않길 바라는 마음. 그 막막함을 조금이라도 덜어주고 싶었다.

그리고 나 되게 열심히 살았다고. 그러니 내 뒷담화는 사절이라고 말하고 싶은 마음도 있었다. 착한 며느리 역할은 아니었지만 적어도 최소한 어설픈 착한 척을 하면서 살지는 않았다고, 다만 내가 할 수 있는 것을 할 뿐이었다고 말이다. 시아버지의 죽음을 비롯해 세 번의 죽음을 지켜보며 결국 나는 삶에 대해 이야기하고 싶었는지도 모른다. 온전하고 유일한 당신과 나의 삶에 대해서.

시아버지를 떠나보내고 나도 몰랐던 후유증을 느낄 때가 종종 있다. 코로나19 시대에 어딜 가나 있는 체온 측정기 앞에만 서면 심장이 쿵쿵 뛴다. 사람이 스트레스를 받으면 열이 난다는 사실을 시아버지와 함께 지내며 알게 됐다. 소위 말하는 '열 받는다'라는 표현 역시 그냥 나온 말이 아니었던 것이다. 시아버지와 함께 병원에 갈 때면, 나는 늘 첫 번째 적외선 카메라에서 발목이 잡혔다. 적외선 카메라를 통과하지 못하면 체온 측정기에 이마나 손목을 내밀어야 한다. 체온계에 뜬 37.3이라는 숫자에 늘 어딘가 찜찜한 눈초리를 받아야했다. 어쩌다 무사히 37도 아래 정상 체온이 측정되는 날은 마치 나의 손에 합격 목걸이가 쥐어지는 것 같았다.

여느 때처럼 시아버지를 모시고 병원에 간 날이었다. 역시나 애매한 체온이 측정되었다. 나는 잘못한 건 없지만 괜히 잘못한 것 같은 기분에 눈치를 봤다. 복장을 보니 교수님이신 듯보이는 그 분이 나와 시아버지를 번갈아 보더니, "뭐 스트레스 받으세요?"라고 내게 물었다. 속으로 생각했다. '오, 당신은 진정한 의느님이시군요.' 겉으로는 미소만을 담아 "아……아니에요"라고 말했지만 내 속마음을 알아준 듯해서 감사했다. 체온계가 천불이 나는 내 마음을 읽는 신통한 체온계였는지 진짜 천불이 내 체온을 올렸는지는 알 수 없었지만.

사소한 스트레스가 쌓여 극에 달한 어느 새벽이었다. 목에서 시작해 팔로 전해지는 통증 때문에 나는 식은땀을 흘리며 잠에서 깼다. 그리고 20년째 친정에서 자주 가는, 은둔 고수느낌이 물씬 나는 원장님이 계신 한의원으로 갔다. 그간 어떻게 지냈는지 물어보시는 원장님의 말에 대답을 하다가 나는 왈칵 눈물을 쏟고 말았다. 서럽게 끅끅거리면서 냄새 때문에 너무 힘들다고 말했다. 지금 생각하면 창피하지만 당시엔 정말 버틸 수 없을 정도였다.

울고 있는 나에게 원장님은 "냄새는 싫어해도 되지만 혐

오는 하지 마라"라고 말씀하셨고 난 겨우 고개를 끄덕였다. 알았다고는 했지만 실은 한동안 그 말을 이해하지 못했다. 하지만 가슴 한편에 그 말이 박혀 있었던지 나중에 그 말을 곰곰이 되새겨 보았다. 그 끝에 내가 내린 결론은 미운 감정까지는 섞지 말라는 뜻이 아니었을까 싶다. 누군가를 미워하고 나아가 혐오하는 것은 단순히 그 감정으로만 끝나지 않는다고. 그 마음이 독이 되어 나 자신을 갉아먹고 상심하게 만들지 않게 그저 냄새만을 싫어하는 것에서 멈추라는 의미가 아니었을까 나름대로 해석해 봤다.

36.5도인 정상 체온에서 약간 벗어난 37.3도의 미열. 그즈음 내 삶의 온도는 37.3도였다. 최근 3년 동안 나는 상주의 가장 최측근으로서 시어머니의 죽음, 시아버지의 죽음, 친할머니의 죽음 이렇게 세 번이나 되는 1930년대생들의 죽음을 겪었다. 어쩌다 30년대생들의 죽음과 이렇게 가까운 위치에 있으면서도 그들의 죽음에 마음껏 슬퍼하지 못했는지, 37.3도만큼의 눈물은 흘리지 못했는지 괜스레 미안해질 때가 종종 있다.

왜 그런가 생각해 봐도 별다른 결론 같은 건 없었다. 뜬금

없는 결론이라면, 전생에 내가 30년대생 누군가에게 밀고 당한 독립 운동가라도 됐던 걸까 싶은 정도? 다만 내 전생이 그렇다면 '유진 초이' 정도의 사연을 가지고 있는 주인공이었길 바라본다.

어쩌면 나는 드라마 속 주인공이 외치던 것과는 전혀 다른 의미로 다르고 싶었는지도 모른다. 나를 비난할 가능성이 있는 일말의 여지를 남기고 싶지 않아서, 남편에게 조금은 떳떳하고 싶어서 시아버지와 함께 살았다. 그리고 시아버지가 돌아가신 후에 들을 법한 불편한 말들 혹은 선을 넘는 행동들을 원천봉쇄하고 싶은 마음이었다. 누군가의 뒷담화거리가 되기 싫다는 가혹한 완벽주의, 조금의 흠결도 원치 않는 나를 향한 채찍질은 결국 나의 부모님과 내 아들까지 고생하게 만들었다. 상처뿐인 영광이 남았다. 따지고 보면 크게 영광스럽지도 않았지만.

시누이들 입장에서는 고맙기야 하겠지만 결국은 며느리 눈치 보느라 편치만은 않았을 아버지가 떠오를 테고, 남편 입장에선 고마우면서도 아버지를 모시면서 내게 섭섭했던 일이 떠오를 수밖에 없을 것이다. 서로 다른 우리가 함께 살았던 삶

과 시아버지의 죽음, 얽혀있는 이 모든 굴레 속에 분명 상처도 있었다. 하지만 그게 다는 아니었다.

힘들지 않았다면 거짓말이지만, 시아버지와 함께한 그 겨울과 봄을 지내며 나는 내가 몰랐던, 누군가의 지난 시간을 떠올리고 내가 살아온 시간을 돌아보게 되었다. 함께하는 시간 동안 내가 알게 된 것들은 그전에는 알 수 없었던 꽤나 가치 있는 것들이었다.

한때, 나는 거친 비포장도로를 헤쳐 나가야 하는 운명을 타고난 SUV 같은 나의 삶이 안쓰럽기만 했다. 하지만 이제 조금씩 알아가고 있고 또 확신하고 있다. 비포장도로는 지나갈 것이고, SUV는 어느 곳에서나 만능이라는 것을. 단지 적절한 때에 가속 페달과 브레이크를 능력껏 밟아가며 매일 매일을 충실하게 살아가면 된다는 것을. 내 삶이 끝나는 날까지.

남과 다르고 싶었던 그 마음이 어떤 것이었건 간에, 나는 더 이상 내 온도에 관해 고민하거나 외면하지 않기로 했다. 더 뜨겁지 못해 식어버리는 건 아닐까 하는 스스로에 대한 걱정과 연민도 그만두기로 했다. 그저 내 삶의, 어느 순간의 온도를 인정하기로 했다.

37.3도, 보호자 생활의 후유증이라고 느꼈던 미열이지만 나름대로 열과 성의를 다했다는 증표 같아서 어떤 의미로는 좋다. 나는 다르고 싶었고 그래서 최선을 다했다. 이제는 나만의 온도로 살아가고 싶다.

"내 삶이 끝나는 날까지."

길모퉁이를 돌면
마주치는 죽음

1970년대 중반에 아버지가 갑작스러운 가슴 통증을 호소한 뒤 사흘 만에 심근경색으로 세상을 떠나셨다. 1990년대 말에는 대동맥 박리로 역시 사흘 만에 어머니가 돌아가셨다. 나는 손 써보지도 못하고 부모님을 떠나보냈던 아쉬움을 늘 마음에 품고 살았다. 이 책『울면서 태어났지만 웃으면서 죽는 게 좋잖아』에서 저자가 훌륭한 필력으로 묘사한 시부모님의 투병과 병간호 생활의 지난한 과정들을 접하며 그때의 아쉬움이 조금은 옅어지는 걸 느꼈다. 무엇보다 비의료인인 저자

의 눈으로 우리 사회의 의료 현장과 현실을 바라보며 내가
40년간 의료 현장에서 직접 경험하고 부딪히며 접했던 온갖
일들이 떠올랐다.

보통 암 진단을 받으면 소위 빅5 병원이라 불리는 서울의
큰 병원부터 찾아간다. 지방의 큰 대학병원에서 충분히 할 수
있는 수술이나 항암 화학 요법도 무조건 서울로 가야 한다는
분위기가 팽배하다. 사정이 이렇다 보니 지방의 대학병원을
비롯한 종합병원은 환자가 없어서 경영 위기를 맞고 서울의
몇몇 큰 병원은 전국에서 몰려든 환자로 북새통을 이루어 환
자와 의료진 모두 불편함을 겪는 상황이 발생한다.

내가 근무하던 서울대학교병원의 경우 환자 한 사람당
5분씩, 한 시간에 12명 안팎의 환자를 진료하는 일정으로 예
약을 받는다. 그래야만 하루라도 빨리 진료받기 위해 전국에
서 찾아오는 많은 환자의 진료를 소화해 낼 수 있다. 최소한
환자 한 사람당 15분 정도로 예약을 받으면 좋겠는데, 이럴
경우엔 진료 한 번 받으려면 6개월 내지 1년 뒤에나 예약이
가능해진다. 실제로 빅5 병원 중 한 곳에서 개원 초기에 이런
시도를 했다가 예약하고서 진료받기까지의 대기 시간이 너무

길어져 포기한 적도 있다.

어떤 환자의 경우 다른 병원에서 몇 년간 진료 봤던 엄청난 양의 진료 기록을 복사해서 가져온다. 이 기록을 다 보려면 15분 이상 그리고 진료하는 데 10여 분 총 30분 정도의 시간이 걸리게 되고, 다음 예약 순번 환자는 그 시간만큼 진료가 지연된다. 이런 속사정을 알면 진료가 늦어지는 상황에 대해 환자 입장에서 조금은 이해가 되려나 싶지만, 현실에서는 "이럴 거면 뭐하러 예약을 받느냐?"라는 불평이 쏟아진다. 저자가 차갑다고 느꼈던 '종양내과의 바쁜 분위기, 의사의 속사포 진단'은 이런 이유로 쉽게 달라지기 어렵다.

이렇듯 저마다의 이유가 있지만, 나 역시 의료계에 종사했던 사람으로서 의료진의 비인간적인 태도에 실망한 저자의 심정에 충분히 공감한다. 전립선암 환자였던 언론인 아나톨 브로야드(1920~1990)의 말이 떠오른다. "나는 의사들이 내게 많은 시간을 할애해 주길 바라지 않는다. 단 5분 만이라도 내가 처한 상황에 대해 심사숙고하고 한 번만이라도 그들의 진심 어린 배려를 받고 잠시의 순간이라도 그들과 내가 교감하고 정신도 위로받길 원한다. 환자들을 일률적으로 대하지 않

기를, 그들이 혈액검사를 처방하듯이 나의 전립선암뿐만 아니라 나의 마음까지도 살펴봐 주기를 원한다. 이러한 것들이 없다면 나는 그저 하나의 질병에 지나지 않는다."

지금의 의료 현실은 의학 교육과도 무관하지 않다. 전 세계적으로 사용되는 『해리슨의 내과학』 교과서에는 훌륭한 의사를 양성하기 위해서는 과학적인 지식의 함양, 의료 기술의 습득과 더불어 인간에 대한 이해의 중요성을 강조한다. 하지만 현행 의과대학의 교육은 지식과 기술을 전수하는 데 그치는 현실이다. 졸업 후의 수련 과정에서도 인간을 이해하기 위한 교육은 거의 이루어지지 않는다고 해도 과언이 아니다.

시간은 빠르게 흘러왔다. 만년필로 의무 기록지와 처방전을 써 내려가던 시대를 지나 이제는 컴퓨터 모니터를 보며 진료 기록을 입력하느라 정작 환자 얼굴을 마주 볼 겨를이 없다. 내가 명예퇴직하기 수년 전 오랫동안 진료받던 환자가 응급실에 왔다는 연락을 받고 서둘러 간 적이 있었다. 그런데 응급실에 도착하니 의료진 모두 컴퓨터 모니터를 뚫어지게 바라볼 뿐 어느 누구도 현직 교수가 온 걸 눈치채지 못했다. 그도 그럴 것이 키보드를 두드려 바로바로 입력하지 않으면 진료

가 진행될 수 없는 게 지금의 의료 시스템이다. 이런 사정을 모르는 환자나 보호자 입장에서는 당혹스럽고 불편하겠다는 생각이 머리를 스쳤다.

가장 좋은 방법은 담당의가 진료를 볼 동안 컴퓨터 입력을 해줄 전담 인력을 채용하는 것이다. 실제로 나는 퇴직하기 10여 년 전부터 이 방법을 썼다. 내가 직접 컴퓨터 입력을 하지 않아도 되니 환자의 얼굴과 두 눈을 바라보며 이야기를 나눌 수 있었고, 환자의 증상이 아픈 개인사로 인한 것임을 알아낸 적도 있었다. 극심한 소화기 통증으로 진료실을 찾은 환자는 3년간 뇌종양으로 투병하던 배우자가 죽은 이후 증세가 심해졌다. 심한 소화장애를 겪는 중년 환자는 군대 간 외아들이 사고로 죽고 나서부터 소화에 어려움을 겪고 있었다. 내가 모니터만 보고 있었다면 절대 알 수 없었을 환자의 이야기였다. 이것만으로도 의료 시스템의 보완이 필요한 이유는 충분하다.

책에서 저자는 말한다. "죽는 날이 가까워져서야 알게 된 죽음 앞에서 그걸 어른스럽게 받아들이길 바라는 것은 어쩌면 잔인한 일이 될 수도 있겠다"라고. 그래서 우리는 심하게 병들기 전에, 한 살이라도 젊었을 때 미리 죽음에 대비해 나가

야 한다. 대학 입학과 졸업, 회사 입사, 결혼 등의 일은 사전에 정보를 모으고 공부하면서, 인생에서 가장 큰 사건이라고도 할 수 있는 죽음에 대해서는 어쩌면 그렇게도 준비하지 않는 걸까. 우리나라 사람들은 죽음에 대해 무관심과 부정, 회피 그리고 혐오로 반응하는 경우가 많다.

길모퉁이를 돌면 죽음을 마주치게 되는 날이 내일일지, 1년 후일지, 10년 후일지 아무도 모른다. 언제 닥칠지 알 수 없는 죽음에 대해 평소에 늘 성찰하고 준비해야 하지만 사람들 대부분 귀를 막고 눈을 감은 채 매일 매일 정신없이 살기 바쁘다. 건강할 때 유언장과 사전연명의료의향서를 작성해야 한다는 이야기를 꺼내면 불같이 화를 내거나 슬쩍 화제를 돌리는 경우를 종종 접한다. 그러다가 본인이 암, 특히 말기 암이라는 진단을 받게 되면 주위에서 이런 얘기를 언급하기는 더욱 불가능해진다.

말기 질환 환자 대부분 자신의 죽음에 대해 아무런 준비도 하지 못한 채로 호흡이 불안정해지고 의식이 나빠진다. 그렇게 대형병원 중환자실에서 기관절개술을 시술받고 가래 뽑는 소리와 인공호흡기, 모니터에서 나는 소음 등으로 어수선한

환경에서 외롭게 누워 있다가 수십 년 간 함께한 가족들에게 작별 인사 한마디 제대로 못 하고 세상을 떠난다. 슬프지만 이게 우리의 현실이다.

다행히 저자의 시아버지는 유언장을 미리 써 놓았다. 하지만 죽음 준비로는 조금 아쉬움이 남는다. 자신이 머지않아 맞게 될 죽음에 대해 근원적인 생각을 해보고서 어떻게 삶을 마무리할 것인지, 작별 인사를 어떻게 나눌 것인지, 아직 용서 못 한 사람은 없는지 또 용서를 구해야 할 사람은 없는지, 가족들에게 감사 인사를 어떻게 할 것인지, 무의미한 연명 치료를 할 것인지 말 것인지, 자신이 떠난 후 장례는 어떤 방식으로 치를지 등을 미리 생각해 두어야 한다. 의료진이 말하는 잔여 수명은 수많은 암 환자들 수명의 평균치일 뿐이므로 개개인에게 정확히 들어맞지는 않는다. 말기 암 환자라고 하더라도 죽음은 어느 날 느닷없이 들이닥칠 수 있다.

인도에서 태어나 미국에서 외과 의사로 활동 중인 아툴 가완디는 그의 책 『어떻게 죽을 것인가』에서 의사로서 말기 환자들을 돌본 경험과 더불어 아버지의 임종을 직접 겪으며 고뇌했던 값진 경험을 차분하게 풀어놓았다. "사람들은 자신의

삶이 유한하다는 사실을 깨달으면서부터는 그다지 많은 것을 원하지 않는다. 돈을 더 바라지도, 권력을 더 바라지도 않는다. 그저 가능한 한도 내에서 이 세상에서 사는 동안 자신의 이야기는 자신이 쓸 수 있기를 원할 뿐이다"라고 얘기한다. 자신의 우선순위에 따라 직접 선택하고, 다른 사람이나 세상과의 연결을 유지할 수 있기를 바란다는 것이다.

더불어 미국에서 이루어진 연구를 소개하고 있다. 심폐소생술과 인공호흡기, 중환자실 치료를 받은 말기 암 환자들은 그런 치료를 전혀 받지 않은 환자들에 비해 마지막 일주일 동안의 삶의 질이 훨씬 나빴고, 환자를 돌봤던 사람들도 환자가 사망한 지 6개월 후 심각한 우울증을 겪을 확률이 세 배나 높았다고 한다. 또한 고통 완화 전문팀과 상담을 한 말기 암 환자들은 화학 요법 치료를 더 일찍 중단하는 대신 호스피스 케어를 그만큼 일찍 선택했다. 그들은 생의 마지막 단계에서 겪는 고통을 덜 경험했으며 25퍼센트나 더 오래 살았다는 놀라운 결과도 제시하고 있다.

2012년 6월 11일자《타임》지의 커버 스토리가 '어떻게 죽을 것인가?'였다. 한 작가의 부모님 두 분이 말기 질환으로 임

종이 다가왔을 때 중환자실 치료와 같은 연명 치료에 집착하지 않음으로써 품위 있는 죽음을 맞이했고, 부모님의 죽음으로부터 자신도 배웠다는 내용이었다.

더 중요한 것은 '죽음이란 무엇인가?'라는 질문에 대해 나름대로 대답을 찾을 수만 있다면 연명 치료를 할 것인지 하지 않을 것인지로 고민할 필요가 없을 것이다. 죽음은 소멸이 아니라 옮겨감이라는 것을 안다면.

전라북도 무주에서 본인의 경제적 손실을 감수하면서 10년간 주민센터, 납골당, 도서관 등 온갖 건축물을 설계했던 건축가 정기용 선생은 5년 이상 대장암을 앓다가 2011년에 세상을 떠났다. 타계하기 몇 달 전 이루어진 인터뷰에서 그는 "죽는 준비를 단단히 해야 한다. 산다는 것이 무엇인지, 왜 사는지, 세상이 무엇인지, 나는 누구인지, 어떻게 살았는지, 가족은 무엇인지 하는 근원적인 문제들을 다시 곱씹어보고 생각해 보고 그러면서 좀 성숙한 다음에 죽는 게 좋겠다. 한마디로 위엄이 있어야 되겠다"라면서 밝고 초롱초롱한 눈빛으로 죽음과 마주하는 인간이 되고 싶다는 심정을 밝혔다. 아름답게 삶을 마무리한다는 것은 이런 모습이 아니겠는가?

이 책을 읽으며, 그간 내가 죽음에 관해 읽고 보고 느꼈던 것들이 하나둘씩 떠올랐다. 나는 삶을 잘 마무리하는 일의 중요한 요소로 장례의 형식이나 절차에 대해서도 늘 생각한다. 저자는 시아버지의 죽음을 비롯해 짧은 기간 동안 세 분의 죽음을 경험하면서 비상한 기억력으로 장례 절차의 세부 사항들을 꼼꼼히 기록했다. 내게도 아주 의미 있는 책이 될 것 같다.

무엇보다 '보호자'라는 말이 갖는 진짜 현실적인 의미를 제대로 알게 되었다. 며느리라는 이유로 수술 동의서에 서명조차 할 수 없었던 당혹감과 좌절감이 고스란히 느껴져 마음이 아팠다. 사위의 경우였어도 마찬가지였을 것이다. 실질적인 보호자 역할을 하지만 보호자가 될 수 없는 관계를 반영한 이 아이러니한 현실에서 보호자로서 살아가는 이들을 떠올려 보게 된다. 법적이고 행정적인 체제의 개선이 절실하게 필요해 보인다. 우리는 아직도 갈 길이 멀다.

저자가 젊은 나이에 시아버지를 병간호하면서 맞닥뜨린 고민의 과정과 그 속에서 느꼈던 감정들이 고스란히 담겨있다. 연로하신 부모님을 둔 자녀들이나 가족이 말기 질환을 앓고 있는 분들은 이 책을 통해 동병상련의 위로를 받고, 환자를

진료하는 의료인들은 이제까지 소홀했던 점을 돌아보는 계기가 될 수 있을 것이다.

이 책을 덮으며 누구나 언젠가 맞이하게 될 자신의 죽음을 대비해 구체적으로 무엇을 준비해 나갈지 생각해 보면 좋겠다. 죽음의 생물학적, 사회적 측면만이 아니라 영적인 측면도 탐구하여 저마다 자신에게 주어진 지금 이 삶을 더욱 성장시켜 풍성하게 만들어 나가기를 진심으로 기원한다.

◇◇◇◇◇◇◇◇

2021년 9월 6일 **정현채**
서울대학교 의과대학 명예교수

울면서 태어났지만
웃으면서 죽는 게 좋잖아

1판 1쇄 인쇄 2021년 10월 13일
1판 1쇄 발행 2021년 10월 26일

지은이 정재희

발행인 양원석 **편집장** 김건희 **책임편집** 김송은
디자인 신자용, 김미선 **표지 일러스트** 수수진
영업마케팅 조아라, 김보미, 신예은, 이지원

펴낸 곳 ㈜알에이치코리아
주소 서울시 금천구 가산디지털2로 53, 20층 (가산동, 한라시그마밸리)
편집문의 02-6443-8932 **도서문의** 02-6443-8800
홈페이지 http://rhk.co.kr
등록 2004년 1월 15일 제2-3726호

ISBN 978-89-255-7934-4 (03810)